IL CASO INVISIBILE

UN MISTERO PER JANIE JUKE

Di: Isabella Muir
Traduzione: Anna M.M.

Pubblicato in Gran Bretagna
Da Outset Publishing Ltd

Prima edizione in italiano pubblicata Gennaio 2019
Prima edizione in inglese pubblicata Giugno 2018

ISBN:1-872889-23-9

ISBN:978-1-872889-23-8

www.isabellamuir.com

Foto in copertina di: Marko Mudrinic su Unsplash
Disegni in copertina di : Christoffer Petersen
Mappa di Tamarisk Bay di: Richard Whincop

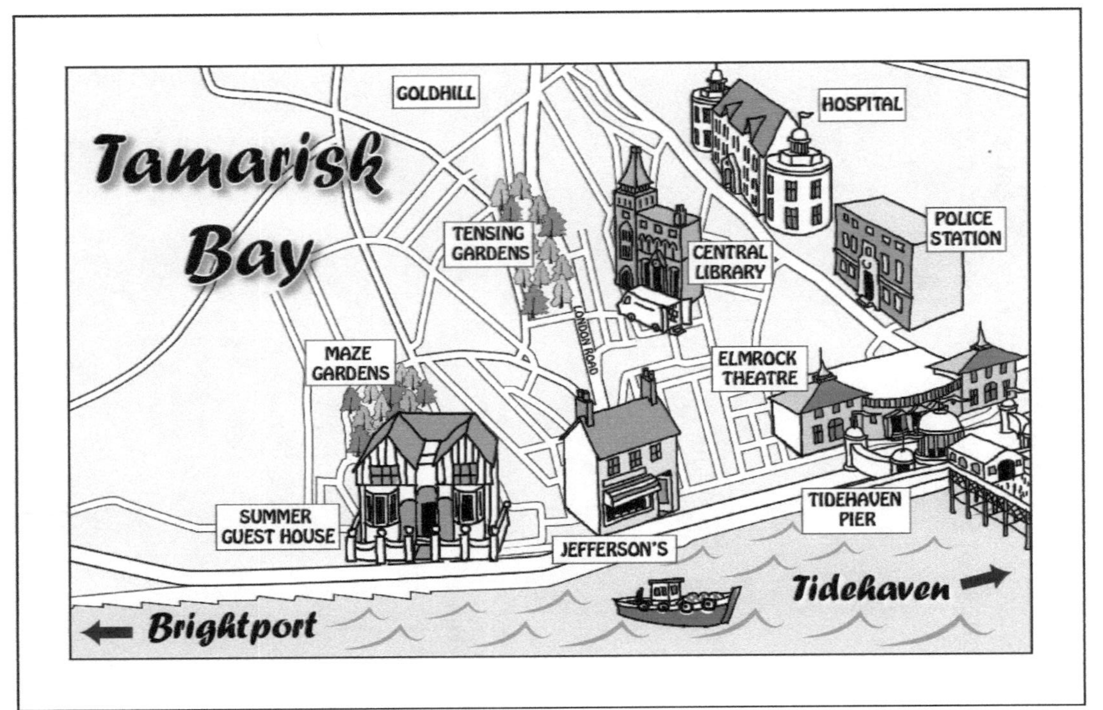

Tamarisk Bay
GOLDHILL
HOSPITAL
POLICE STATION
TENSING GARDENS
CENTRAL LIBRARY
ELMROCK THEATRE
MAZE GARDENS
LONDON ROAD
SUMMER GUEST HOUSE
JEFFERSON'S
TIDEHAVEN PIER
Brightport
Tidehaven

È il 1970 e Tamarisk Bay si sta preparando per la sua prima Pasqua del decennio, mentre una certa famiglia si sta preparando per un ritorno a casa...

CAPITOLO 1

Martedì – Binario 18, Roma Termini

Se fosse stato un giorno normale, Jessica avrebbe potuto notare la valigetta. Era lì, nascosta sotto un braccio, mentre allungava l'altro per stringergli la mano? Nei giorni a venire ha spesso riflettuto su quel momento, ma tutto ciò che ricordava erano i suoni e le immagini che si stava lasciando alle spalle.

Il treno per Parigi partiva a mezzogiorno. Loro arrivarono entrambi presto, con venti minuti di anticipo prima della partenza. Era passato un po' di tempo da quando aveva visto Luigi e nell'osservarlo camminare verso di lei sulla pensilina della stazione era colpita dai suoi lineamenti aquilini, dal modo in cui i capelli gli cadevano davanti agli occhi, nonostante lui costantemente li tirasse indietro con le mani. Lui forse era più alto di lei di quindici centimetri, così quando le si avvicinò lei si ritrovò a dover guardare in alto. Gli occhi di lui non erano puntati su di lei, guardavano lontano dietro di lei.

Un facchino camminava accanto a Luigi, spingendo un carrello in acciaio carico di bagagli. Luigi alzò la mano, indicando che erano arrivati alla carrozza giusta. Il facchino scaricò due valigie dal carrello, sistemandole accanto ai piedi di Luigi, quindi si fermò, aspettando l'inevitabile mancia. Luigi infilò la mano in una tasca dei pantaloni, afferrando una manciata di lire e le diede all'uomo con un breve cenno di saluto. Poi si voltò verso Jessica.

<<Tutta la tua vita in una valigia e una piccola sacca

da viaggio?>>

<<Io viaggio leggera>> lei rispose, con un'alzata di spalle ed una risata da ragazza.

<<È bello vederti di nuovo. E grazie.>>

<<Per cosa?>>

<<Per permettermi di poterti seguire.>>

La cacofonia delle voci italiane implicava che dovevano gridare per essere ascoltati. Ognuna delle trentadue pensiline a Roma Termini era colma di andirivieni. Amici che ridevano mentre correvano a braccetto lungo la pensilina. Un marito che abbracciava sua moglie prima di salutarla con un *'Ti amò* ad alta voce. Era un'orchestra di suoni; ruote di carrelli che necessitavano di essere oliate, conversazioni ad alta voce, anche della musica, tutto questo rendeva più difficile poter percepire l'annuncio che il treno per Parigi era in partenza. Lei conosceva abbastanza bene la lingua visto che aveva vissuto un periodo in Italia. Ma la voce dell'annunciatrice non era chiara, alterata dagli altoparlanti della stazione.

Un uomo anziano si tolse il cappello mentre passava davanti a Jessica, andando a fare la fila al chiosco di cibo e bevande. Poi lei si spostò rapidamente da un lato mentre un lavoratore delle ferrovie le passava accanto con una scopa in mano. Non solo rumore, ma movimento tutto intorno a lei. Tutto questo faceva accelerare un po' i battiti del suo cuore. Questo le ricordava perché amava viaggiare, era rimasta ferma per troppo tempo.

<<Stai avendo ripensamenti riguardo la partenza?>> Luigi le passò accanto per caricare le

valigie nella carrozza.

<<È diverso per te, tu sei nato qui.>>

<<Ma tu stai andando a casa, dalla tua famiglia.>>

<< Sì, e questa è la cosa giusta da fare, ma ciò non significa che non mi mancherà ogni cosa.>>

<<Il sole?>>

<<Più di quello, ma si, scambierò una passeggiata al porto sotto un cielo azzurro, con nuvole grigie e acquazzoni d'aprile.>>

Smise di parlare per ascoltare uno scambio di frasi fra due uomini, le loro voci erano burbere e forti. Uno dei due alzò una mano in aria, come se fosse un direttore d'orchestra.

<<La prima volta che ho visto due italiani che conversavano avevo pensato che stessero discutendo.>> Questo ricordo la fece sorridere. <<Ero convinta che stessero per iniziare a fare a botte in strada. Invece, risultò che stavano discutendo su come fosse più giusto cucinare i ravioli. Mi mancherà la loro passione, per il cibo, il vino, il calcio...>>

<<Famiglia?>>

<<Certamente famiglia.>> Una estremità della sciarpa di Jessica fu presa da una folata di vento. Lei la tolse, la risistemò, quindi la riavvolse di nuovo intorno al collo, infilando entrambe le estremità nel colletto della camicetta. <<Lasciami vagabondare, ignorami semplicemente. Niente per il viaggio prima che partiamo? Acqua, frutta?>>

<<No, niente. Sistemiamoci.>>

Si incamminarono lungo il corridoio verso il loro scompartimento.

<<Ho il 6D>> disse Luigi guardando il suo biglietto,

prima di aprire la porta, spingendo le sue valige avanti a lui. Con la sua struttura alta e muscolosa non fece fatica per sollevarle entrambe e metterle sul portabagagli. Si girò verso Jessica. La sua sciarpa era incastrata sotto il cinturino della sua borsa a tracolla e lei stava lottando per districarla. <<Lascia che ti aiuti.>>

<<La gente penserà che sto approfittando.>>

Lui disse facendo l'occhiolino.

<<Tu un ragazzo, io una donna più anziana>> lei disse. <<Tuttavia, posso fare da sola, grazie.>>

<<Non così giovane. Compirò trenta anni la prossima settimana.>>

<<Praticamente sulla strada per la mezza età>> lei disse ridendo.

Si scambiarono i posti così che lei potesse sedersi accanto al finestrino, ma nel tempo che il treno lasciava la stazione Luigi si era immerso nel suo giornale, Jessica nel suo libro. Li aspettava un lungo viaggio.

Una famiglia di quattro persone salì sul treno a Bologna, irrompendo nella loro carrozza con energia e rumore. La madre italiana fece sedere il marito e due bambini nei loro posti, prima di dividere tra di loro diversi sacchetti di cibo. Loro avevano grosse fette di pane italiano con nel mezzo la mortadella. Lei aveva dato ad ognuno di loro un pomodoro tagliato a pezzi e Jessica vide come i bambini facessero gocciolare il suo succo sul pane. A seguire c'era un'arancia per uno, espertamente sbucciata, il sottile spruzzo della scorza diffuse nell'aria della carrozza l'aroma del Mediterraneo. Mentre lo respirava,

Jessica pensava a tutte le mattine presto nelle quali era andata in giro nei mercati di frutta e verdura, le bancarelle piene di pesche mature, albicocche dorate e ciliegie succose. Gli odori sarebbero rimasti sui suoi vestiti, così che la sera avrebbe scosso uno scialle o una sciarpa e si sarebbe goduto il profumo dappertutto.

<<Passaporti, passaporti.>> Il controllore fece il suo ingresso lungo il treno diverse ore dopo che avevano passato la frontiera Italia-Svizzera.

Jessica cercò nella sua borsa e porse il suo passaporto al grosso uomo, che sembrava scomodo nella sua uniforme, l'abbottonatura un po' troppo stretta. Il suo berretto era appoggiato così precariamente sulla sua testa da far sembrare che un piccolo movimento del treno lo avrebbe fatto cadere. Il controllore guardò per primo il passaporto di Luigi, glielo rese quasi in modo scontroso.

<<Quest'uomo sembra decisamente poco entusiasta del suo lavoro>> sussurrò Jessica, una volta che il controllore era andato via dallo scompartimento.

<<Non possiamo tutti amare quello che facciamo.>> Luigi tornò di nuovo al suo giornale, tenendolo in modo che il bambino seduto accanto a lui non lo disturbasse ogni volta che si agitava. Il bambino, che era intorno ai sette o otto anni, era innamorato di una macchinina. Ruotava le ruote, passandole sul palmo della mano.

<<Cosa mi dici?>> Jessica insisteva, cercando di avviare una conversazione. <<Ti piace lavorare per

Mario?>>

<<Il lavoro del bar è OK.>>

<<Un sacco di mance? Il mio lavoro a Creta nel bar mi ha fatto guadagnare in mance più di quanto avessi di salario.>> Jessica tese la mano verso il piccolo, indicando la macchinina. Lui gliela porse e lei fece uno spettacolo inaspettato prima di restituirgliela.

<<Speri di trovare lavoro in Inghilterra, Luigi?>>

<<Sarebbe facile?>>

<<Tamarisk Bay è come Anzio, forse un po' più piccola. Almeno è così che me la ricordo, ma sono passati nove anni da quando vivevo lì. Di solito c'erano parecchi lavori stagionali da prendere è tu stai arrivando all'inizio della stagione. Ma Londra non è molto distante. Pensavo potessi voler cercare le luci della città?>>

<<Questo non è il motivo per il quale sto andando in Inghilterra.>> Luigi tornò al suo giornale.

<<Tu hai notato in che modo ci ha guardato quell'uomo quando gli abbiamo mostrato i nostri passaporti?>>

<<Scontento?>>

<<No, qualcosa di diverso. Forse inquisitorio.>>

<<Luigi si strinse nelle spalle. >>Non è insolito per gli amici viaggiare insieme. Lui sembrava molto interessato a te. Forse si immaginava una moglie inglese?>>

<<Ora mi stai prendendo in giro.>>

<<Sei ancora abbastanza giovane da non passare inosservata.>>

<<Grazie, forse.>>

Era pomeriggio quando l'incaricato tirò giù i letti in ogni scompartimento. Se Jessica avesse seguito suo fratello nelle forze armate la biancheria da letto che era stata distribuita le avrebbe ricordato quei giorni. C'era poco di attraente nei cuscini duri e le grezze coperte grigie.

<<Non esattamente la prima classe>> disse Jessica. <<Ho dormito in spiagge che erano molto più comode.>>

<<Tu sei troppo schizzinosa, sdraiati solo per un po' non fa niente se non riesci a dormire. Riposa almeno gli occhi.>>

La famiglia si sistemò nelle cuccette con un po' di confusione. Forse loro viaggiavano di frequente, abituati al passaggio dal giorno alla notte in questa piccola camera d'albergo viaggiante. Il padre iniziò subito a russare. I due ragazzi messi a testa coda in una cuccetta, ogni tanto si lamentavano quando uno prendeva a calci l'altro. La madre era di spalle a Jessica e ogni volta che uno dei suoi figli si muoveva li zittiva per dormire di nuovo.

Facendo meno rumore possibile, Jessica aprì la porta ed uscì nel corridoio. Alcuni passeggeri erano lì in piedi, altri erano seduti sulle loro valige, approfittando dei biglietti a poco prezzo che offrivano il viaggio, ma non un posto a sedere. Lei aveva fatto la stessa cosa in passato, per risparmiare il denaro. Scrutò attraverso i finestrini sporchi le forme frastagliate delle montagne, rese ancora più lugubri al chiaro di luna. Fra diverse ore sarebbe sorto il sole ed avrebbero oltrepassato le Alpi diretti verso la Francia.

Nel corridoio lei si infilò in uno spazio tra una giovane donna ed un uomo corpulento. L'uomo stava con la testa appoggiata contro il finestrino. La donna ricordò a Jessica come era lei anni prima, quando iniziò la sua avventura in Europa. Lasciare Philip e Janie era stato straziante, ma era il momento giusto per tutti loro. Ora lei stava ritornando da loro.

Quando iniziò a spuntare l'alba, una luce lattea inondò la carrozza. L'uomo accanto a lei guardò in alto al finestrino e girò la sua testa da destra a sinistra, cercando di alleviare la rigidità del suo collo. Jessica colse lo sguardo della giovane donna ed entrambe parlarono simultaneamente, provocando una risatina tra di loro. La ragazza si presentò come Cinzia, iniziando a spiegare perché stava andando in Inghilterra; questa era la prima volta che andava fuori dall'Italia. Degli amici le avevano raccontato che in Inghilterra c'era un freddo pungente e pioveva tutti i giorni. Jessica stava per rassicurarla, ma si aprì la porta dello scompartimento, interrompendo la loro chiacchierata.

<<Colazione?>> chiese Luigi.

<<Buona idea>> rispose Jessica <<ma prima dammi il tempo per rinfrescarmi.>> Andando nello scompartimento prese la sua sacca da viaggio dal portabagagli. La famiglia anche stava iniziando a muoversi, i bambini chiedevano da mangiare, il padre brontolava che era troppo presto per pensare al loro stomaco. Jessica frugò nella sacca da viaggio, tirando fuori la sua borsetta da viaggio ed un maglione, prima di andare verso la piccola toilette che era in fondo alla carrozza. Una volta che si fu lavata, lavati i denti e

messa il maglione, lei si ammirò nel piccolo specchio che era sopra al lavandino. Come per voler togliere i segni del tempo, passa le sue dita sulle rughe intorno agli occhi e sulla pelle più lentigginosa. Si mise un tocco di mascara e un velo di rossetto. <<Sei OK>> disse, rimettendo tutto nella borsetta da viaggio e ritornando allo scompartimento.

Il treno sembrò accelerare mentre si dirigevano verso il vagone ristorante lungo il corridoio. Un paio di volte Jessica urtò con la sua spalla contro uno degli scompartimenti, sentendosi in colpa nel caso disturbasse i viaggiatori che ancora dormivano. Con le tende tirate giù nella maggior parte delle porte e finestrini era un indovinello sapere se gli occupanti fossero svegli. Mentre il treno ondeggiava prendendo una curva stretta Luigi, che era davanti a lei, inciampò, strusciando contro una delle porte. Le tendine sulla porta si alzarono, mostrando due passeggeri, un uomo e una donna, seduti uno di fronte all'altro vicino al finestrino. Il viso dell'uomo era parzialmente coperto dal suo cappello, che lui aveva calato sugli occhi, forse trovandolo più comodo per dormire. Luigi si fermò di colpo e Jessica andò a sbattere contro di lui.

<<Attento>> disse Jessica <<stavamo quasi per cadere.>>

Invece di risponderle, Luigi si concentrò sulle due persone che erano nello scompartimento.

<<Andiamo avanti, stiamo creando un intoppo>> disse Jessica, perché altri due passeggeri stavano arrivando lungo il corridoio dietro di lei.

Alcuni minuti dopo erano seduti nel vagone

ristorante. C'erano persone ad altri tre tavoli, tuttavia il cameriere non sembrava preoccuparsene pulendo le posate nei tavoli vuoti. Dopo una breve attesa prese i loro ordini e ritornò con una caffettiera di caffè appena fatto ed un cestino con cornetti caldi; il profumo arrivò al loro tavolo prima che il cameriere li mettesse davanti a loro.

Jessica ruppe il silenzio. <<Sembra come se tu avessi visto un fantasma.>>

Luigi prese un cornetto dal cestino e lo ruppe in pezzi, afferrando dal contenitore al centro del tavolo una salvietta di carta per pulirsi le mani. <<Pensavo di aver riconosciuto l'uomo nello scompartimento.>>

<<Me lo potevi dire, potevamo fermarci. Forse lo puoi rincontrare quando torniamo indietro.>> Lei si versò un caffè e porse la caffettiera a Luigi. <<Questa è una coincidenza, imbattersi in qualcuno che conosci.>>

<<Probabilmente sto solo immaginando.>>

<<Pensavo di essere quella che non aveva dormito.>>

Luigi empì la sua tazza di caffè e guardò, cercando di attirare l'attenzione del cameriere per un'altra caffettiera. <<Hai parlato di me alla tua famiglia?>>

<<Loro sanno che sto portando un amico.>>

<<Cos'altro sanno?>>

<<Cosa altro c'è da sapere?>>

Il treno sterzò un po'. Il caffè traboccò un po' versandosi sui piattini.

<<Un altro cornetto?>> Jessica porse il cestino al suo compagno.

<<No, ne ho avuto abbastanza. Dovremmo

ritornare subito alla nostra carrozza. Non mi sento tranquillo ad aver lasciato le nostre cose incustodite.>>

<<Non avrei mai pensato che qualcuno potesse essere interessato alle mie cianfrusaglie.>> Lei bevve l'ultimo sorso di caffè e spinse via la tazzina, lievemente irritata dalle dita di Luigi che tamburellavano sulla tovaglia.

<<Dimmi di nuovo come è tuo fratello>> disse Luigi.

<<Lui è gentile, intelligente, e...>>

<<Lui è più grande di te, vero?>>

<<Sì, di qualche anno.>>

Le dita smisero di tamburellare, per un momento, solo per riprendere di nuovo mentre chiedeva <<Lo ha cambiato la sua cecità?>>

<<Lui è resistente, tenace. Non fu solo l'incidente. Lui dovette sopportare anche il fatto che la moglie lo abbandonò e si trovò a dover badare a Janie. È una forza da non sottovalutare.>>

<<Sembra che il tuo ricordo di tuo fratello sia un po' romanzato?>>

Jessica guardò di traverso Luigi, sorpresa, da quella che sembrava un'accusa.

<<Un quadretto rosa è questa la frase, vero?>> lui continuò. <<Una ragazza giovane che bada al suo fratello maggiore.>>

<<Io ho vissuto con lui diversi anni come tra adulti, non c'era nulla di infantile in quei tempi. Lui era un brav'uomo. Lui è un brav'uomo.>>

<<Ma sono passati anni dall'ultima volta che l'hai visto. Lui potrebbe essere cambiato.>>

<<Conosco mio fratello. Lui non può essere

cambiato. Non nel modo che tu stai insinuando. Non in peggio. Stai giudicando quando non sai nulla della mia famiglia.>>

<<Non intendevo offenderti. È solo che possono esserci lati di una persona che possono rimanere nascosti. I loro pensieri, le loro paure, il loro passato.>> Luigi si spostò sulla sedia, guardando in giro le altre persone del vagone ristorante, prima di riconcentrarsi su Jessica. <<E lui ha combattuto nella guerra, in Italia? Tu hai detto che è stato ad Anzio per un periodo?>>

<<Non penso che abbia combattuto. Lui guidava i camion, trasportava merci in giro per i luoghi, forniture vitali, quel genere di cose. Ad essere onesti, è qualcosa di cui non ha mai parlato molto, così non conosco i dettagli. Ma sì, lui è stato un periodo in Italia ed ha menzionato Anzio. È stato affascinante pensare che lui ha camminato nelle stesse strade dove ho camminato io. Ma a quell'epoca non era la Anzio che tu ed io conosciamo. Tuttavia, potrai chiederglielo tu stesso abbastanza presto. Non essere sorpreso però se non si apre. Alle persone non piace parlare delle loro esperienze di guerra, sono sicura che molti dei loro ricordi devono essere impossibili da affrontare.>>

Lei si alzò, prendendo la sua borsa a tracolla dal sedile. <<Devo tornare indietro ora, ho un gran mal di testa. Mancanza di sonno, suppongo.>>

Mentre si dirigevano verso il loro scompartimento, il controllore dei passaporti li superò e si infilò nel vagone ristorante.

<<Sono sorpreso di vederlo ancora a bordo. Io

pensavo che lui saltasse su, controllasse i documenti e scendesse alla stazione seguente>> disse Jessica, una volta che l'uomo in uniforme fu lontano da loro.

<<Probabilmente lui ha fame>> rispose Luigi ironicamente.

Mentre si facevano strada lungo il corridoio, Jessica rallentò, così questa volta Luigi sbattè contro di lei. <<Questo è lo scompartimento del tuo amico, non è vero? Sembra come se lui sia uscito fuori>> lei disse, cercando di non fissare la donna che era da sola e sembrava leggermente turbata dal livello di interesse di due estranei che passavano. <<È un peccato che tu abbia perso l'occasione per poter parlare con lui, magari puoi tornare indietro tra un po' e vedere se è nei paraggi.>>

Luigi scrollò le spalle continuando a camminare, sfiorando Jessica.

Una volta tornati nel loro scompartimento, non c'era nessuna traccia della famiglia italiana, solo alcune briciole lasciate su un sedile, e questo fece presumere a Luigi e Jessica che fossero scesi all'ultima fermata. Le cuccette erano state rimesse al loro posto e la biancheria da letto ripiegata.

<<Occasione ideale per risistemare le mie cose>> disse Jessica, prendendo la sua valigia dal portabagagli ed aprendola su uno dei sedili. Lei piegò i suoi vestiti per fare uno spazio per la sua borsetta da viaggio, che aveva infilato nella sua sacca. La schiacciò in un angolo della valigia, la chiuse e rivolta a Luigi. <<Mi dai una mano a rimetterla su?>>

Mentre Luigi sollevava la valigia sopra la sua testa verso la griglia, fece una smorfia accigliata.

13

<<Aspetta>> disse, rimettendo la valigia di nuovo sul sedile.

<<Cosa?>>

Loro erano in piedi fianco a fianco, Luigi fissava il portabagagli e Jessica fissava il suo volto, che stava diventando sempre più pallido. Per un momento lei pensò che lui potesse svenire.

Quindi lui afferrò i rimanenti bagagli dalla rete, buttandoli in terra quasi in preda ad un panico. Ognuno di loro avevano poggiato i cappotti sulle valige, ma ora li gettò sul sedile.

<<Che diavolo succede?>> disse lei, tenendo stretta la sua borsa a tracolla, temendo che questa sarebbe stata la prossima cosa che lui poteva afferrare.

Lui la fulminò con lo sguardo, battendo un pugno contro la parete dello scompartimento.

<<La mia valigetta, non c'è più.>> Smise di muoversi e rimase in piedi con le braccia tese come per chiedere a qualcuno di far sparire magicamente questa situazione.

<<Cosa vuol dire non c'è più?>>

<<Non c'è Jessica. È stata rubata.>>

CAPITOLO 2

Mercoledì - in qualche parte della Francia

I nostri passeggeri neanche sentivano il rumore del treno che risuonava lungo i binari. Nello scompartimento c'era un completo silenzio, quindi Jessica parlò. <<Perché qualcuno avrebbe voluto rubarti la valigetta? Non c'erano soldi dentro, vero?>>

<<No ovviamente.>> Ora Luigi era diventato rosso in viso, il pallore dello shock era stato sostituito da qualcos'altro. Se qualcuno fosse entrato nella carrozza a questo punto avrebbe pensato di essere nel mezzo di una terribile discussione.

<<Io non capisco, perché qualcuno dovrebbe rubare una quantità di carta?>>

Lui la guardò, come se non avesse pronunciato una parola.

<<Devo trovare la guardia e riferirglielo>> lui disse, spingendola da parte mentre si dirigeva verso la porta.

Mentre la oltrepassava lei gli mise una mano sul braccio.

<<Qualcuno potrebbe averla presa per errore. Sospetto che sia stata presa insieme al bagaglio di quella famiglia. Quelli che hanno passato la notte con noi.>>

<< Sì, hai ragione, loro mi hanno rubato la valigetta. Bene devo dare la loro descrizione al poliziotto.>>

<<Una descrizione? Cielo, Luigi, noi stiamo parlando di un malinteso. Non penso sia necessario che coinvolgiamo la polizia. Sono sicura che sia

abbastanza innocente. I bambini erano una masnada, la povera mamma probabilmente gli ha chiesto di aiutarla a portare qualcosa e uno di loro ha preso per errore la tua valigetta. Forse gli piaceva il suo aspetto, pensava che sarebbe stata una bella cartella per la scuola.>> Lei provò a fare un mezzo sorriso, ma questo svanì senza che lui lo vedesse.

<<Questo non è il momento per scherzare.>> La sua voce aumentò di tono, sorpassando il fragore del treno mentre faceva una curva brusca.

<<Non c'è bisogno di urlare.>> Lei alzò la voce per uguagliare la sua, ma poi in un tono più sommesso, aggiunse <<Calmati e facciamo il punto della situazione.>>

<<Voi inglesi, voi pensate che tutto può essere risolto con una buona tazza di tè.>>

I suoi occhi guizzavano intorno allo scompartimento come se la valigetta potesse riapparire all'improvviso. Lui mise le mani in tasca ai pantaloni, prese un pacchetto di sigarette e ne accese una.

<<Stai lasciando che la situazione ti sfugga di mano.>> Lei parlava lentamente, come se fosse una maestra in una classe di indisciplinati. <<Siediti, calmati ed io andrò a chiamare la guardia.>>

Alcuni minuti dopo Jessica ritornò, accompagnata da un uomo alto, dai capelli neri, in uniforme delle ferrovie. Portava occhiali con la montatura d'acciaio, che tolse, pulendoli con un fazzoletto prima di rimetterseli. La guardia ascoltò il racconto di Luigi, ma sembrò imperturbabile.

<<C'era una famiglia, pensiamo che l'abbiano presa

loro>> disse Luigi, prendendo lunghe boccate di sigaretta.

Jessica mise la sua mano sul suo braccio. <<Per errore naturalmente>> lei aggiunse. <<Non stiamo accusando nessuno. Ma il mio amico desidera riavere la valigetta indietro il prima possibile, come lei può immaginare.>>

<<E cosa c'era nella valigetta, signore?>> La guardia finse interesse, guardando fuori dal finestrino dietro le spalle di Luigi.

<<Questi non sono affari suoi ma miei>> scattò Luigi.

Jessica gli rivolse uno sguardo interrogatorio si girò di nuovo verso la guardia e sorridendo disse. <<Solo carte personali, niente di interessante per chiunque, ma importanti per il mio amico. Sono sicura che lei può capire?>>

<< Sì signora, capisco perfettamente.>> Lui si ritolse gli occhiali, respirò su di loro e poi li sfregò con le dita prima di rimetterseli. <<Quando arriveremo a Parigi stileremo un rapporto. Lei dovrà lasciare i suoi dati alla polizia ferroviaria francese, se e quando, la valigetta sarà ritrovata saremo in grado di restituirgliela. Presto lei e la sua valigetta sarete di nuovo riuniti.>>

<<Questo non è sufficiente>> disse Luigi, con la mascella tesa. Buttò in terra il mozzicone di sigaretta e lo schiacciò con il tallone. <<È necessario trovare la famiglia. Può telefonare alla stazione precedente, cercando di scoprire chi sono, dove vivono? L'ufficiale dei passaporti, lui deve conoscere i loro nomi, lui ha controllato i loro passaporti durante la

notte.>>

La guardia scrollò le spalle, aggiustandosi gli occhiali, che continuavano a scivolargli giù dal naso. <<Scusi, signore, ma i passaporti vengono controllati se sono in ordine, non vengono presi i nomi.>>

Luigi disse, fissando la guardia. <<Deve aver controllato i loro biglietti.>>

<<I biglietti sono controllati, ma non registriamo i nomi. Se lei guarda il suo biglietto, signore, potrà vedere che non c'è il nome, non è vero?>>

<<Capiamo, lo facciamo, ovviamente>> disse Jessica, lanciando occhiate a Luigi mentre enfatizzava ogni parola. <<Facciamo come ci sta suggerendo la guardia e aspettiamo sino a che non arriviamo a Parigi. Se la famiglia ha la valigetta si accorgeranno presto che non è la loro. Non ci metteranno molto a capire il loro sbaglio. Probabilmente la stanno restituendo alla stazione mentre noi parliamo.>>

<<Motivo in più per telefonare proprio adesso...>> Luigi stava camminando su e giù nel poco spazio limitato dello scompartimento. La guardia mormorò qualcosa sottovoce mentre Luigi gli passava accanto.

<<L'uomo dei passaporti>> continuò Luigi <<lui è ancora sul treno, noi lo abbiamo visto poco fa. Gli possiamo chiedere cosa ricorda.>>

<<Lei è in errore, signore. Il funzionario dei passaporti lascia il treno all'ultima stazione.>>

Jessica fu tentata di discutere il punto, ma invece rimase in silenzio.

La guardia guardò l'orologio e quindi, come in un ripensamento, chiese <<Posso chiederle perché non ha portato con sé la sua valigetta quando è andato nel

vagone ristorante?>>

<<Non mi aspettavo che il treno fosse pieno di ladri e criminali>> disse Luigi fissandolo.

Sperando di calmare una situazione sempre più tesa, Jessica ringraziò la guardia per il suo tempo, gli strinse la mano e gli confermò che lo avrebbero incontrato all'arrivo a Parigi. Una volta che lui fu andato via, lei chiuse la porta dello scompartimento e si voltò verso Luigi.

<<Vuoi raccontarmi cosa ti fa essere così agitato? Non riesco a credere che sia tutto per pochi documenti ed una vecchia valigetta di pelle.>>

Luigi girò lo sguardo da lei guardando fuori dal finestrino della carrozza. <<Dimenticalo.>>

<<Difficilmente riuscirò a farlo, non è vero? Tu ne hai fatta abbastanza di confusione. Sono rimasta sorpresa che non hai tirato il segnale di emergenza facendo fermare il treno sui binari.>>

<<Ci avevo pensato>> la sua voce ora era quasi un sussurro.

Loro passarono il resto del viaggio nel silenzio quasi totale. Di tanto in tanto Jessica commentava gli scenari mentre passavano attraverso chilometri di vigneti francesi. L'unica risposta che ricevette da Luigi fu un cenno del capo, finché alla fine smise di parlare. In quel silenzio lei si immerse in una conversazione interna che non richiedeva un compagno, solo i suoi pensieri.

Lei quasi sperava che il treno andasse più lentamente, per darle la possibilità di assorbire lo scenario. Fu giusto qualche settimana dopo il suo trentesimo compleanno che lasciò Janie e Philip per fare il suo primo viaggio in treno attraverso la Francia. Era così sopraffatta della immensa distesa della campagna che passò le prime ore a guardarla. Lei sorrise a questo ricordo. *'Trenta anni e ingenua come un'adolescente'* rifletté. Riguardare tutto questo di nuovo ora le dava lo stesso piacere. Vigne accuratamente coltivate lungo entrambi i lati dei binari del treno. Il mosaico dei campi con sfumature di verde e marrone che si sovrapponevano ricordavano i dipinti che l'avevano meravigliata nella sua unica visita al Louvre.

Mentre viaggiavano verso nord, il tempo si incupì, ricordandole il grigio infinito degli inverni inglesi. Ma lei stava ritornando in primavera, la sua stagione preferita e non vedeva l'ora di vedere giunchiglie e prati rigogliosi. Quello che le era mancato negli ultimi nove anni, a parte la famiglia, era l'abbondanza di verde, nei parchi e nei viali, e nei giardini delle case posti sia davanti l'entrata che sul retro. Si era ripromessa che la prima cosa che doveva fare era di andare di mattina presto a passeggio nei giardini di Maze, togliersi le scarpe e sentire la morbida erba bagnata di rugiada sotto i suoi piedi. Suo fratello avrebbe pensato che fosse pazza, ma era una buona pazzia.

Dopo poche ore, il treno entrò nella stazione di Parigi Gare de Lyon. Presero le valigie e le borse dal portabagagli e si diressero verso l'uscita. Un facchino si fece avanti per aiutare e seguì loro e la guardia nell'ufficio della polizia ferroviaria. Né Jessica, né Luigi, avevano più di poche parole francesi nel loro repertorio, forse la guardia avrebbe fatto da traduttore. Il poliziotto delle ferrovie era brusco, quasi monosillabico, mentre annotava nomi e indirizzi in un piccolo taccuino nero.

<<E il contenuto, *monsieur*?>>

<<Perché tutti sono così desiderosi di conoscere il contenuto?>> mentre parlava alzò le mani in aria, facendo allontanare Jessica da lui. <<Se fosse stata una valigia, avreste voluto sapere cosa ci fosse dentro? Vi aspettereste che una donna descriva i suoi vestiti, la sua biancheria intima? Certo che non lo fareste. Era una valigetta con incartamenti personali, questo deve essere sufficiente. Inoltre, è chiusa, quindi a meno che qualcuno non rompa il lucchetto, non sapranno cosa ci sarà dentro?>>

<<È chiusa?>> disse Jessica.

Il poliziotto guardò Jessica poi Luigi, poi di nuovo Luigi mentre rispondeva.

<<Ho comprato una valigetta con la chiave. Perché non avrei dovuto usarla?>>

<<E tu hai la chiave?>>

<<Naturalmente>> disse Luigi, estraendo il portafoglio dal taschino della giacca, prendendo la chiave per mostrargliela. <<Una chiave che non mi serve sino a quando non trovo il ladro.>>

<<Vorrei che tu non continuassi a parlare di ladri e rapinatori. Sono certa che è solo un caso di semplice malinteso. Un momento di confusione.>>

<<C'era una famiglia>> disse Luigi, ignorando il tentativo di Jessica di calmarlo. Lui descrisse tutto quello che poteva ricordare di ogni membro della famiglia che credeva se ne fosse andata con le sue cose.

Quando ebbe finito di parlare, il poliziotto disse *«Merci, monsieur e madame.* Abbiamo tutto ciò che ci occorre. Noi vi contatteremo al vostro indirizzo in...»* Si fermò, lottando con la pronuncia.

«Tamarisk Bay» Jessica enunciò chiaramente le parole.

«Oui, Tamarisk Bay. *Allor, au revoir.»*

Furono congedati. Jessica ringraziò di nuovo la guardia italiana, dietro di loro, mentre Luigi si precipitava avanti a lei verso l'ingresso della stazione. Il facchino li aveva seguiti per tutto il tempo, spingendo il pesante carrello di metallo davanti a lui. Ora ansimava un po' mentre cercava di tenere il passo con i lunghi passi di Luigi.

Avevano due ore per attraversare Parigi, un sacco di tempo, a condizione che la fila dei taxi non fosse troppo lunga. Il centro della città era una massa di automobili, autobus e pedoni, ma dopo il caos di Roma, sembrava quasi calmo. Negli ampi viali alberati si respirava spazio e tranquillità. Lei osservò mentre passavano due donne elegantemente vestite. Entrambe indossavano abiti su misura. Una aveva un cardigan sulle spalle, la lana così bella era quasi translucida. Notò il loro taglio delle pettinature e si passò un manto tra i capelli, immaginando brevemente come sarebbe stato vederli tagliati corti. Lei scacciò il pensiero dalla sua mente con un sorriso.

Quando il taxi arrivò alla stazione di Parigi Gare du Nord, lei prese un piccolo borsellino di cotone dalla borsa. Aveva cambiato diecimila lire in franchi, in modo da poter pagare la corsa del taxi, rimanendogli abbastanza per comprare una bottiglia grande di acqua e due panini, ripieni con il Camembert.

<<Non ho fame>> disse Luigi, mentre gliene porgeva uno.

<<Prendilo, potresti volerlo più tardi.>> Lui somigliava a un bambino minaccioso.

Il viaggio in treno per Calais non fu molto lungo e quindi presero il traghetto. Luigi aveva parlato a malapena dopo l'incidente della valigetta.

Lei aveva fatto finta di non accorgersene, immergendosi nel libro che aveva iniziato quando avevano lasciato Roma. Lei lo aveva portato con sé quando aveva lasciato l'Inghilterra nove anni prima e lo aveva letto così tante volte da allora che lo sapeva quasi a memoria. *Il signore degli anelli* era una storia di avventura, con il giovane Frodo senza paura come avrebbe fatto lei nei suoi viaggi. Sorrise a sé stessa pensando a tutte le terrificanti prove che Frodo incontrò nel suo viaggio attraverso la Terra di Mezzo.

Una volta a bordo del traghetto scelsero due sedili reclinabili in una delle parti più tranquille della nave. L'ultima barca sulla quale era stata era quella per la gita di un giorno all'isola di Ponza. Era arrivata sull'isola solo per scoprire che non c'era nulla da vedere ma solo la spiaggia. Dopo un paio di ore di abbronzatura e nuoto aveva preso il *traghetto* per tornare ad Anzio. Quel piccolo traghetto sarebbe entrato venti volte su questo grande che attraversava il canale.

<<Telefonerai a tuo fratello quando arriveremo a Dover?>> chiese Luigi, riportando i suoi pensieri al presente.

<<No, lui lo sa che arriveremo oggi, non sa solo a

che ora. Non vedo l'ora che tu lo incontri. Lui è molto speciale per me.>> Un sottofondo di fastidio era rimasto dalla loro conversazione precedente. Non aveva bisogno di difendere suo fratello eppure...

<<Un uomo coraggioso, o uno che accetta il destino?>> Luigi aspettava la sua risposta.

<<Non c'è nulla di sbagliato nell'accettare il destino. Lo facciamo tutti a modo nostro.>> Caddero di nuovo in silenzio.

Quando Luigi le aveva suggerito di accompagnarla in Inghilterra, lei non ci aveva pensato molto. Lei era altrettanto felice di viaggiare da sola, aveva fatto abbastanza pratica negli ultimi nove anni, ma avere qualcuno con cui parlare lungo la strada sembrava un'idea divertente. Era troppo tardi ora per un ripensamento.

La caffetteria sul traghetto era quasi vuota, la maggior parte dei passeggeri erano disgustati dal pensiero del cibo. Gli articoli più usati a bordo erano le piccole buste di carta considerevolmente impilate in giro per la nave per i viaggiatori con delicata predisposizione.

Jessica si sdraiò e chiuse gli occhi, ma in quel momento Luigi iniziò a gemere. Mettendosi seduta vide che lui stava afferrando i lati della sedia, con gocce di sudore che gli imperlavano la fronte.

<<Tu sembri molto pallido>> lei disse. <<Penso che faremo meglio ad andare fuori all'aria fresca.>>

La sua mancanza di risposta e la sua pelle sempre più pallida le dicevano cosa aveva bisogno di sapere. Lei lo afferrò per un braccio e lo spinse davanti a sé. <<Di qua>> lei disse, forzando l'apertura della porta per il ponte esterno. Una raffica di aria gelida e spruzzi di mare li colpì mentre uscivano, costringendoli ad aggrapparsi entrambi alla ringhiera per mantenersi in piedi.

<<È fresco abbastanza per te?>> lei urlò, la sua voce era portata via dal vento.

<<Tu torna dentro, starò bene da solo>> lui disse, aggrappato alle inferriate esterne, e scrutando l'acqua di mare, le sue sfumature come canne da fucile, sormontate da cavalli bianco crema.

<<OK, io ritorno al posto. Ti aspetterò lì.>> Dopo l'esplosione di temperamento riguardo la perdita della sua valigetta egli sembrava avesse poca preoccupazione per il resto dei suoi bagagli. <<Vieni dentro dopo che hai visto le Bianche Scogliere, non puoi perdertele>> lei disse ridendo.

Una volta dentro lei si sedette in uno dei posti e si guardò intorno. La gente oscillava da sinistra a destra, sforzandosi di rimanere in piedi e aggrappandosi direttamente a qualsiasi superficie fissa. Era divertente guardare, lei era fortunata ad avere gambe forti. Forse lei si sarebbe dovuta arruolare in marina.

L'annuncio sulla nave li avvertiva che erano arrivati al porto di Dover. Luigi la raggiunse, la pelle del suo viso era ritornata al suo colore naturale bronzo scuro. Loro fecero la strada dalla barca all'ufficio controllo passaporti, quindi passarono la dogana. Dopo una mezz'ora erano su una pensilina della stazione. Non c'erano facchini in vista, né carrelli, né bancarelle di cibo con snack allettanti. Invece a metà strada lungo la pensilina c'era il buffet della stazione. Lei sbirciò attraverso la finestra, appannata dalla condensa all'interno.

«Tentato da una ciambella con marmellata, o una bella tazza di tè inglese?» lei disse, senza aspettarsi una risposta. «C'è un cambio a Ashford, poi diretto per Tidehaven. Incrociamo le dita, prenderemo un taxi da lì. La parte finale di un viaggio è la peggiore.»

«Lui alzò un sopracciglio. »In che senso?«

«Noi abbiamo viaggiato per mille chilometri in ventiquattro ore ed ora è come se ci mettessimo un'infinità di tempo per percorrere cinquanta chilometri lungo la costa.»

«Ah sì, ho sentito parlare delle vostre ferrovie Inglesi.» Lui stava guardandosi i piedi, strusciando una scarpa lungo la pensilina.

«Sono ingiusta.» Lei scrollò i capelli via dal suo viso. Si era alzato un vento e si era incanalato lungo la pensilina. «Io non lo cambierei, per tutte le sue stravaganze.»

«Stravaganze?»

«Dimenticalo, stavo divagando. Sto solo dicendo che è bello essere ritornati. Con tutti i suoi difetti l'Inghilterra è il posto dove sono nata, e per questo avrà sempre un posto speciale nel mio cuore.»

Lui mormorò qualcosa sottovoce.

«Che cosa dici?» lei disse, come il treno entrò nella pensilina di fronte. «La nostra terra natale è sempre la numero uno» lui disse, alzando la voce oltre il rumore.

«Non sono sicura di questo.» Se avesse dovuto creare un grafico di tutti i suoi posti preferiti, la prima spiaggia greca su cui aveva dormito avrebbe dovuto tenere un primo posto. Lei sorrise ripensando al suo arrivo a Mykonos dove aveva trovato tutti gli alberghi pieni. Lei si era addormentata su una spiaggia deserta e si era risvegliata all'alba per trovarsi circondata da altri viaggiatori. Niente tenda, niente sacchi a pelo, solo poche cose essenziali messe nella borsa a tracolla da viaggio o nello zaino. La semplicità era meravigliosa.

Una volta a bordo del loro treno finale Luigi sembrava sonnecchiare mentre viaggiavano attraverso il Kent, le prime piogge primaverili creavano un quadro di lussureggianti verdi e ricchi marroni.

'*Il giardino d'Inghilterra*' Jessica pensò dentro di sé.

Dopo una breve corsa in taxi dalla stazione di Tidehaven, Jessica arrivò davanti alla sua casa natale.

<<Finalmente>> Luigi sussurrò a sé stesso, mentre aiutava a scaricare i bagagli.

<<Che vuoi dire?>>

<<È stata una lunga attesa.>>

<<Tu vuoi dire un lungo viaggio?>>

Luigi non rispose, mentre Jessica lo sorpassava per suonare il campanello.

CAPITOLO 3

Mercoledì – la famiglia Chandler, Tamarisk Bay

Il cartello sulla porta annunciava che lo studio di fisioterapia di Philip Chandler era chiuso per il weekend di Pasqua. Una scelta per un meritato riposo. Le ultime settimane erano state movimentate con la nascita della sua prima nipote, e il battesimo, ed ora l'imminente arrivo di sua sorella e del suo amico.

Janie aveva preparato due camere separate mesi fa, prevedendo l'arrivo di sua zia in tempo per Natale. Le motivazioni del ritardo di Jessica erano vaghe e Philip l'aveva presa con filosofia, a differenza di sua figlia che era rimasta veramente delusa.

<<Io pensavo sarebbe stata qui per il battesimo di Michelle.>>

<<Penso che tua figlia abbia abbastanza attenzioni.>> Il lieve arricciamento ai margini della bocca di Philip lo tradiva, nonostante cercasse di mantenere una voce severa. <<Lei ha già me, Phyllis ed i genitori di Greg che si prenderanno cura di lei. Per una bambina che non ha ancora due mesi siamo già troppi intorno a lei.>>

<<Va bene, hai vinto>> disse Janie, avvolgendo le sue braccia intorno a suo padre.

<<La verità è>> continuò Philip. <<Se tu avessi avuto la gioia di vedere Jessica in dicembre, tu ora non avresti tutta questa aspettativa, non ti pare?>>

<<Tu avresti dovuto essere un politicante, o un venditore. Anche se i tuoi notevoli poteri di persuasione non sono interamente sprecati.>>

<<Vuoi dire che posso convincere i miei pazienti di andare avanti e guarire sé stessi?>>

L'abbaiare di Charlie interruppe la loro conversazione.

<<Sono arrivati, papà. Li faccio entrare.>> Janie superò Charlie, quasi incespicando nella fretta.

<<Incredibile>> Janie disse, stringendo a lei la zia prima di spingerla di nuovo lontano per vederla meglio.

<<Tu sembri così... Europea. Non sono sicura cosa sia, qualcosa nel modo in cui hai i capelli, o forse questa bellissima sciarpa di seta. È italiana?>>

<<Cosa ne dici di lasciar entrare tua zia dalla porta prima di interrogarla sui vari aspetti del suo guardaroba.>> Philip aspettava che sua sorella gli andasse vicino, tenendo le sue braccia allargate. Invece lei prese le sue mani nelle sue, si inclinò in avanti e gli diede un bacio su entrambe le guance.

<<Il mio fratello preferito>> lei disse, tenendo il suo viso nelle sue mani. <<E dove è sparita la mia nipotina adolescente dagli occhi brillanti? E chi è questa bella donna con un fagottino rosa tra le sue braccia?>>

<<Hai ragione per quanto riguarda che sia diventata adulta, essere una madre certamente fa riflettere. Non sono sicura riguardo il resto. Gli occhi annebbiati per la mancanza di sonno potrebbero essere una descrizione migliore.>>

<<E il tuo amico, è qui con te?>> chiese Philip.

Luigi si fece avanti. Sembrava incerto su come

salutare Philip e focalizzò lo sguardo sul suo viso. <<
Signor Chandler>> disse.

Janie era abituata alla cecità di suo padre, ma
poteva percepire il disagio di qualcuno così
imbarazzato da questo.

<<Benvenuto a Tamarisk Bay, Luigi>> disse Philip
<<Andiamo in salotto. Janie, che ne dici di portare da
bere per i nostri ospiti?>>

L'ora successiva fu una raffica di chiacchiere, con
tutti che parlavano contemporaneamente, a parte
Luigi, che rimase in silenzio.

<<Phil, quella barba ti fa sembrare abbastanza
distinto, anche se riesco a vedere degli strani capelli
grigi.>> Jessica fece scorrere le dita sul viso di Philip.

<<Rende la vita più facile. La rasatura quotidiana
può essere difficile, occasionalmente anche un po'
pericolosa.>>

<<I capelli bianchi potrebbero essere per colpa
mia>> disse Janie. <<Abbiamo avuto un periodo di
montagne russe in questo anno passato, vero papà?>>

<<Le giostre sulle montagne russe devono essere
adatte a te>> disse Jessica. <<Non sono passati neanche
due mesi da quando hai partorito ed hai un aspetto
così rilassato, come se fossi stata una mamma da
sempre. Dammi la piccolina e lascia che la guardi
bene.>> Jessica prese Michelle sulle sue braccia e fece
scorrere le sue dita gentilmente sul suo viso. <<Lei ha
i tuoi occhi e forse il tuo naso, sebbene i nasi dei
bambini sono di solito piccoli bottoni.>> Lei toccò la
punta del naso di Michelle che immediatamente
rispose con un piccolo starnuto.

<<Salute>> Janie e Philip dissero all'unisono.

<<Ma immagino che abbia il mento di suo padre>> disse Jessica, continuando a guardare la sua pronipote.

<<Hai ragione, lei ha ripreso la fossetta di Greg. Lui sarà contento che tu l'hai notato. Lui è una tale stella, ama essere un papà. Mi aiuta anche con alcune poppate notturne.>>

<<Biberon, quindi?>>

<<Assolutamente. >>

<<Janie tiene alla sua indipendenza>> disse Philip.

<<Deve aver preso da sua zia>> disse Jessica, ridendo. <<Quando mi presenterai quella stella di tuo marito?>>

<<Sarà qui presto, dopo il bagno per lavarsi la polvere dei mattoni.>>

<<Tuo marito è un costruttore?>> Fu solo quando Luigi parlò che tutti loro si ricordarono che c'era uno sconosciuto in mezzo a loro.

<<Devi aver pensato che siamo molto maleducati>> disse Philip. <<Abbiamo chiacchierato e non ti abbiamo nemmeno chiesto come è stato il tuo viaggio. Quando sei partito?>>

Philip non poteva vedere il cambiamento d'espressione sul volto di Luigi mentre Jessica parlava. <<Abbiamo avuto uno sfortunato incidente durante il nostro viaggio.>>

<<Mi dispiace di sentirlo.>>

<<Oh, niente di importante, lo sto solo dicendo in caso la polizia ferroviaria contatti voi.>>

<<La polizia?>> Philip riposò la sua tazza di caffè sul tavolo.

<<Nel viaggio in treno tra Roma e Parigi, Luigi ha

perso la sua valigetta>> continuò Jessica. <<Stiamo sperando che la polizia ferroviaria la ritrovi. E se lo fanno, o meglio quando lo faranno, gli abbiamo dato questo indirizzo. Spero che non vi dispiaccia?>>

<<Non è stata persa, è stata rubata.>> La voce severa di Luigi e l'espressione ancora più severa sembravano dirette interamente a Jessica. <<C'era una famiglia che condivideva la nostra carrozza, loro devono averla rubata. La polizia è stata inutile. Non si sono resi conto della gravità.>>

Jessica giocherellava con i bottoni del suo cardigan, evitando lo sguardo del suo amico. <<Andiamo, Luigi, ne abbiamo parlato così tante volte. Non sai se è stata quella famiglia e se sono stati loro sicuramente è stato uno sbaglio.>>

Sebbene Philip non potesse vedere le occhiate scambiate, poteva percepire l'atmosfera, che stava diventando decisamente gelida. <<Sono sicuro che verrà ritrovata e se così non fosse, puoi sempre sfidare Janie a rintracciarla>> disse, cercando di alleggerire l'atmosfera.

<<Ora mi hai incuriosito>> disse Jessica, grata per il cambio di argomento.

<<Faresti meglio a spiegarti, principessa. Altrimenti tua zia immaginerà qualsiasi cosa.>>

<<OK, il fatto è che ho una piccola attività collaterale.>>

<<Suona come una cosa di spionaggio come si direbbe in guerra.>> Jessica alzò un sopracciglio.

<<Mi ci sono imbattuta in realtà...>>

<<Lasciami indovinare, ha a che fare con la tua passione per Agatha Christie.>>

<<Come hai fatto ad indovinare?>>

<<Diciamo solo che ho conosciuto la mia nipote preferita abbastanza bene nel corso degli anni in cui ti ho vista crescere.>>

<<La tua unica nipote, vuoi dire?>>

<<Quando mi sono trasferita qui tu avevi cinque anni e quando sono andata via quindici, tu conoscevi il fatto tuo, anche allora. Mi ricordo di tutte quelle volte che eri immersa nei libri di Agatha Christie ogni volta che era il tuo turno per asciugare i piatti.>>

<<Era sempre il mio turno>> disse Janie, ridendo.

<<Quindi ho ragione?>>

<<Praticamente, sì. Mi ci sono travata per un motivo o per l'altro, ma è risultato che sono brava abbastanza perché qualcuno mi ha pagata per il mio disturbo. Abbastanza da offrire a Michelle la sua bella carrozzina *Silver Cross.*>>

<<Stiamo parlando di investigatore privato?>>

<<Una specie. Anche se suona molto ufficiale. Più come un ficcanaso in missione. E sì, tu hai ragione. Agatha Christie è totalmente da incolpare. In effetti, Poirot più nello specifico.>>

<<Cosa ne pensi di tutto questo, Phil? Presumo che Janie abbia fatto tutto questo quando era in stato interessante?>> disse Jessica, guardando verso Michelle che aveva iniziato a fare dei brontolii che potevano essere scambiati facilmente per miagolii di un gattino.

<<Veramente, non>> disse Philip.

<<Quindi, ti avverto>> disse Janie. <<Posso annusare un mistero a dieci passi, tutto ciò di cui ho bisogno è una traccia.>>

33

<<Non ci sono tracce al momento. Almeno non oggi>> disse Jessica, ripassando Michelle a Janie. <<Ritorna indietro dalla tua mamma, piccolina. Sto andando su a cambiarmi, sono stata in questi vestiti da sempre. Vi lascio tutti e tre così vi conoscerete.>>

Luigi prese le sigarette dalla tasca della giacca e tirò fuori un accendino in miniatura che era nascosto nel pacchetto. Guardò Janie prima di accenderlo. Lei spostò un posacenere dalla credenza appoggiandolo sul tavolo davanti a lui.

<<Noi sappiamo poco dei viaggi di Jessica, dalle lettere e cartoline, ma intuisco che il tempo passato in Italia è stato speciale>> disse Philip.

<<Non c'è niente come l'ospitalità italiana, ma forse io sono un po' parziale. È un paese che ti attira, è difficile andarsene, ma sono sicuro che sa che sua sorella non è una persona che può stare ferma a lungo.>>

<<Lei è stata così da quando era piccola. Sempre pronta per la nuova avventura, soglia di attenzione breve. Noi siamo stati fortunati che lei sia stata con noi per tutto quel tempo. Più che fortunati, in verità eternamente grati.>>

<<Il suo incidente deve essere stato duro per lei e sua figlia.>>

Philip sorrise <<Quello che non ti uccide ti rende più forte, è questo che si dice, vero? E io ho qui Charlie che mi tiene sotto controllo.>>

<<E lei signor Chandler? Ha viaggiato molto?>> Non c'era nulla di tranquillo nel modo in cui Luigi fumava la sigaretta, il viso si contraeva ad ogni respiro.

<<Per favore, chiamami Philip. La guerra mi ha

portato all'estero, ma questo non lo considero come un viaggio. Quando Janie era piccola, ci limitavamo a qualche giorno fuori e alcune volte in campeggio. Quando tu vivi in un posto di mare ogni giorno può essere una vacanza. E tu Luigi? Vivi in città?>>

<<Io sono cresciuto in Anzio. È lì che ho conosciuto tua sorella. Jessica mi ha detto che eri lì durante la guerra.>>

Philip allungò la sua mano in basso per accarezzare Charlie. <<I miei ricordi di Anzio non sono tutti felici. La guerra ha distrutto molte vite, e non intendo solo quelli che sono morti. Cerco di non pensarci troppo. Ma sono sicuro che la tua città natale ora è un posto molto più allegro.>>

Janie guardò suo padre mentre raccontava, un'ombra scura gli attraversava il viso mentre parlava del passato. Luigi finì la sua sigaretta e la spense nel posacenere. <<Se volete scusarmi, è il mio turno per cambiarmi. Quale è la mia stanza?>>

<<Te la mostrerò.>> Janie sistemò un paio di cuscini in un angolo del divano e in mezzo a loro vi appoggiò Michelle. Poi fece segno a Luigi di seguirla su per le scale, quindi, dopo averlo lasciato per sistemarsi nella sua camera da letto, ritornò nel salotto. Charlie si era mosso così che ora era a metà strada tra Philip e Michelle. <<Povero Charlie, è diviso tra guardarti o tenere d'occhio il nuovo membro della famiglia.>> Lei prese Michelle in braccio e toccò suo padre sulla spalla <<Devo preparare il biberon per Michelle, vieni in cucina con me, papà.>>

Una volta messo il bollitore sul fuoco, lei si rivolse di nuovo a suo padre. <<Stai bene? Lo so che non ti

piace dover scavare tra i tuoi ricordi di guerra.>>

<<Sto bene. Ma mi sto chiedendo dell'amico di tua zia. È un giovane molto tranquillo.>>

<<Ammettilo, tu sei incuriosito quanto me su di lui.>>

<<Deve essere difficile trovarsi in una riunione di famiglia quando tu sei solo un conoscente.>>

Janie andò verso suo padre e gli mise una mano sulla spalla. <<Ora chi sta fantasticando? Io pensavo di essere la sola ad essere incuriosita dalle relazioni altrui.>>

<<Tu devi essere la figlia di tuo padre allora.>>

<<Punto centrato.>> Con il biberon di Michelle scaldato, si sedette accanto a Philip, cullando la figlia nel tentativo di placare il suo pianto. <<Lui è circa dieci anni più giovane di zia Jessica.>>

<<Io sto immaginando un prestante Romeo italiano.>>

<<È alto, magro e robusto e se ti piace il robusto, allora, sì, suppongo prestante. Ha l'abbronzatura più spettacolare. No, non è esatto, lui non è abbronzato, è più di un bronzo brunito.>>

<<Penso di avere realizzato la foto.>>

<<Darai il biberon alla tua nipotina?>> Janie passò Michelle a Philip e una volta che la piccola stava succhiando contenta, continuò. <<Lui è un osservatore.>>

<<Interessante.>>

<<Tutto il tempo in cui noi stavamo parlando, lui guardava le nostre espressioni, in particolare le tue.>>

<<Può essere che prima d'ora non aveva mai incontrato un uomo cieco.>>

<<È più di questo.>>

Philip si fermò per muovere leggermente il braccio per sostenere la testa della bambina. <<Sembra come se tu ti sia fatta una prima opinione su di lui.>>

<<È solo una prima impressione, lo so, ma c'è qualcosa di non completamente chiaro in lui.>>

<<È quel Poirot che parla? Ricordati Luigi è un amico di tua zia, quindi gli dobbiamo dare un margine di manovra.>>

<<Mi chiedo se sono solo amici, o qualcosa di più.>>

<<Sono sicura che Jessica ce lo racconterà appena ha tempo in privato.>>

Janie si alzò ed andò vicino alla finestra. Una nuvola proiettava una luce opaca sul giardino del retro. Lei vide un merlo saltellare sull'erba, prima di volare su un ramo di un melo.

<<Dobbiamo mettere più cibo fuori per gli uccelli, papà. Loro stanno nidificando, non passerà tanto prima che avranno bisogno di nutrire i loro piccini. E anche l'acqua, ricordamelo cercherò una ciotola o qualcosa di simile.>>

<<Janie, sei preoccupata per Jessica? Pensi che lui sia un brutto soggetto?>>

<<Non posso metterci la mano sul fuoco al momento. Ma non ti preoccupare, lei ora è a casa con noi possiamo proteggerla.>>

<<Lei potrebbe non ringraziarci per questo. Lei è grande abbastanza, ha gestito la propria vita per molti anni. Non tocca a noi interferire.>>

<<Lo so. Ignorami semplicemente. Sto vedendo cose che non esistono. Lascia che ti prenda Michelle ora, lei ha finito di trangugiare.>>

Jessica entrò in cucina, il suo profumo arrivò prima di lei, arrestando la loro conversazione. <<Ora mi sento una donna di nuovo. Eccoti>> lei disse, dando a Philip una caffettiera da esaminare.

Philip fece scorrere le sue mani su l'oggetto, cercando di distinguere la sua forma. <<Non c'è nessun cavo o spina, intuisco che non è elettrica.>>

<<No, va sul gas e dopo pochi minuti tu puoi gustare la miglior tazza di caffè che tu abbia mai avuto. Io ho comprato anche un paio di pacchetti di caffè.>>

Lei prese la caffettiera da Philip, la svitò e riempì la parte di sotto con acqua fredda. Dopo aver riempito il piccolo filtro di metallo con caffè macinato, lo pressò, avvitò di nuovo le parti insieme e la mise sul gas. <<Mi dispiace per lo sfogo di Luigi di prima.>>

<<Non hai nulla di cui scusarti. Un così lungo viaggio renderebbe chiunque irritabile.>>

<<Non è stato tanto il viaggio, è stato il problema con la valigetta. Lui sembrava come impossessato quando ha scoperto che era sparita. Io non lo avevo mai visto così, ma questo mi ha fatto capire che non conosco nulla di lui. Non sono sicura del motivo per cui ho accettato di lasciarlo venire con me. A essere onesta non ci ho pensato su molto, ma ora sono qui e l'ho portato in casa vostra, nella nostra famiglia...>>

<<Ti stai preoccupando troppo>> disse Philip. <<Oh, posso già sentire l'odore del caffè. È quasi inebriante.>>

<<Voi due andatevi a sedere e rilassatevi io preparerò un vassoio. Lo sai, se è possibile direi che Charlie il secondo è ancora più devoto a te del primo

cane guida. Lui era così dolce, ma si potrebbe dire che preferisse stare fuori in giardino a giocare a palla con Janie.>>

<<Lui era un personaggio, ma anche questo lo è, questo è solo un po' più serio, il che mi va bene, non è vero Charlie?>>

<<Se il tuo padrone è contento, lo sono anche io.>> Jessica si piegò verso il basso e arruffò i peli sulla testa di Charlie, ma i sui occhi non lasciavano mai il suo padrone. <<Janie, vuoi dare una voce a Luigi di raggiungerci?>>

Lasciando Michelle con Philip, Janie andò nel corridoio. Lei conosceva ogni rimbombo o scricchiolio della sua casa d'infanzia, così quando sentì il suono dei colpi che provenivano sempre dal tipo di pavimento fuori dalla camera da letto di suo padre, lei esitò da piedi alle scale. Dopo pochi momenti udì il rumore di nuovo. Salì in punta dei piedi in cima alle scale e vide Luigi venire fuori dalla camera da letto di suo padre. Lui era di schiena a lei. Lei si aggirò sulle scale per un momento, aspettando sino a quando non lo vide ritornare nella sua stanza. Un minuto dopo lei ridiscese le scale, chiamando dal corridoio <<Luigi, noi abbiamo fatto il caffè fresco, quando sei pronto, siamo in salotto.>>

Ritornando dagli altri cercava di mettere l'incidente in fondo alla sua mente.

<<Tua zia è veramente simpatica>> disse Greg, quando furono tornati a casa più tardi quella sera. <<Mi ha colpito come è, un po' uno spirito libero.>>

<<Suppongo che è il viaggiare che ti fa cambiare in

questo modo.>>

<<Non mi piacerebbe, tutto ciò che comporta, cambiare i posti di lavoro.>>

I pannolini puliti avevano bisogno di essere ripiegati, ma invece Janie ne sollevò uno dal cesto della biancheria, lo scosse e lo ricacciò dentro nel mucchio, come se piegarlo richiedesse troppa concentrazione.

<<Greg, qualcosa di strano è successo prima. Prima che tu arrivassi.>>

<<Cosa?>>

<<Sono andata di sopra per chiamare Luigi per il caffè e l'ho visto che usciva dalla camera da letto di mio padre.>>

<<Stai scherzando. Gli hai chiesto cosa stesse facendo lì dentro?>>

<<No, non volevo sapesse che lo avevo visto.>>

<<Forse voleva prendere in prestito una cravatta>> disse Greg, sorridendo.

<<Non c'è da ridere. Non mi piace il pensiero che un estraneo vaghi per la casa di mio padre. Non sappiamo nulla di lui e non è che mio padre lo possa tenere d'occhio. Lui potrebbe essere un ladro o peggio.>>

<<Non cominciare. Conosco tutto riguardo il tuo intuito, ma questa volta potrebbe portarti in un vicolo cieco. Parla di questo a tua zia. Dille cosa hai visto e sono sicuro che lei ti tranquillizzerà.>>

CAPITOLO 4

Giovedì - Pensione Summer

La mattina dopo, Janie non era tranquilla. Subito dopo colazione andò con la carrozzina a casa di Philip. Mentre camminava rimuginava nuovamente sul comportamento di Luigi, cercando di decidere come affrontare la conversazione che aveva in programma di fare con sua zia, senza che suo padre ascoltasse.

La fortuna era dalla sua parte. Lei arrivò e scoprì che Philip era fuori, stava facendo fare la passeggiata mattutina a Charlie. Jessica, stava lavando, le sue mani erano piene di schiuma.

<<Bel tempismo, tu mi hai dato la scusa avevo bisogno di fermarmi.>> lei disse, asciugandosi le mani.

<<Dovremmo venire subito al dunque e chiedergli cosa stava facendo.>> Disse Jessica, una volta che Janie le aveva spiegato le sue preoccupazioni. <<Perché avrebbe dovuto curiosare nella camera di tuo padre? Ammetto che mi è sembrato un po' ansioso di incontrare Philip e mi ha fatto molte domande sul suo periodo in guerra. Poi tuo padre gli offre ospitalità e lui lo ripaga curiosando. Ho intenzione di dirgli qualcosa. Ammetto che odio lo scontro, ma più tempo trascorro con lui, più dubito di lui.>>

<<Non ti preoccupare, ho avuto un'idea. Fammi vedere se Rosetta ha una stanza libera.>>

<<Rosetta?>>

<<Lei è molto simpatica ed è italiana. Non potrebbe essere più perfetto. Lei gestisce una piccola pensione

giù sul lungomare.>>

<<Sei sicura di non spostare il problema su Rosetta? Non mi sembra giusto. E come gli giustificheremo di mandarlo via dopo solo una notte?>>

<<Gli possiamo spiegare che la stanza preparata per lui è troppo piccola e che sin dall'inizio avevamo pensato di metterla a sua disposizione solo perché avesse un luogo d'appoggio per la sua prima notte, che poi è proprio la verità. È stato il ripostiglio di papà per anni. Ho infilato tutto nel soppalco quando abbiamo saputo che tu stavi portando un amico. Comunque, quando scoprirà che la Pensione Summer è gestita da qualcuno del suo paese d'origine, scommetto che coglierà l'occasione. E non preoccuparti di Rosetta, lei lo terrà sotto controllo.>>

Jessica sorrise. <<Affronti tutto sempre con tanta positività?>> Poi sentendo aprire la porta ed il rumore dei passi di Charlie che si avvicinava, velocemente aggiunse, <<Una cosa a cui non hai pensato è il denaro.>>

<<Cosa vuoi dire?>>

<<Penso che Rosetta non dà le sue camere gratis, per la sua bontà di cuore?>>

<<Giusto. Ma lei ci farà un buon prezzo, sono sicura. Tuttavia, Luigi non si sarà aspettato di restare qui per niente, vero?>> Janie cercò di leggere l'espressione sul viso di sua zia, ma non ci riuscì. <<Se preferisci glielo dirò io, è meglio che provenga da me.>>

Una conversazione un po' imbarazzante e una telefonata dopo, portarono Janie a condurre Luigi sul lungomare alla *Pensione Summer*. Proprio mentre Rosetta Summer stava finendo di passare l'aspirapolvere nelle camere degli ospiti, suonò il campanello. Nel frattempo che lei corse giù per le tre rampe di scale e stava andando nel corridoio, suonò di nuovo.

<<Aspetta, vengo.>> gridò, spostando i capelli ribelli dal suo viso.

<<Rosetta, questo è Luigi.>> disse Janie, spingendolo avanti nel corridoio. <<Scusa siamo un po' in anticipo. È solo perché devo tornare subito da Michelle. L'ho lasciata con mio padre.>>

<<Entra. È un piacere incontrarti. Qualcuno da casa con cui parlare, meraviglioso.>>

Luigi si fece avanti tendendo la mano. <<Grazie, Signora Summer, ma noi siamo in Inghilterra. Noi dovremmo parlare inglese, non pensa?>>

Janie alzò un sopracciglio, notando svanire il sorriso di Rosetta. <<Siamo contenti che abbia una stanza libera. Essendo Pasqua, non ero sicura che ci fosse un posto disponibile.>>

Tamarisk Bay era da lungo tempo meta di vacanze per le persone che facevano brevi viaggi da Londra e i suoi dintorni. I visitatori erano attratti dalla lunga passeggiata e dalla piscina all'aperto e diversi nuovi caffè e ristoranti che avevano iniziato l'attività di recente, creando una zona molto frequentata e piena di movimento.

La *Pensione Summer* era all'estremità occidentale del lungomare di Tamarisk Bay. Costruita intorno alla fine del secolo, la sua facciata di mattoni rossi gli conferiva un aspetto familiare, anche se gran parte del legno verniciato soffriva a causa dell'aria di mare che soffiava, indipendentemente dalla stagione. Negli ultimi anni Rosetta aveva affitti a lungo termine, ma quest'anno aveva deciso di approfittare del turismo crescente.

L'interno della pensione aveva un aspetto casalingo, nonostante le sue vecchie decorazioni. Tutte le stanze avevano bisogno di una nuova mano di vernice, ma ciò significava spendere soldi che Rosetta non aveva.

Rosetta fece loro segno di seguirla nella stanza da pranzo che era stata notevolmente ingrandita, e che era posta tra il salotto nella parte anteriore della casa e la cucina nella parte posteriore. Le uniche finestre della sala da pranzo guardavano verso est, sopra una piccola striscia di terra che si trovava tra la proprietà di Rosetta e il suo vicino. Era un pezzo di terra desolata, un cumulo di erbacce e rovi sembrava fosse abbandonata, senza proprietario. Come per compensare la carta da parati della sala da pranzo aveva un motivo colorato di grandi e piccoli mazzi di fiori recisi. Il disegno portava tanta allegria sembrava di essere in un negozio di fiori.

<<Mostro la sua camera al tuo amico e poi possiamo compilare i moduli, dopo che ha disfatto le valigie.>> Ora le maniere e la voce di Rosetta erano veloci e professionali.

<<I moduli?>> La nota di allarme nella voce di Luigi fece scambiare alle due donne uno sguardo.

<<Ho bisogno del suo passaporto, giusto per prendere alcuni dati>> spiegò Rosetta.

<<C'è stato uno sfortunato incidente durante il suo

viaggio in treno dall'Italia, Luigi ha perso la sua valigetta.>> Janie sperava che la sua spiegazione potesse sciogliere la tensione che avvertiva nel compagno di viaggio di sua zia.

<<Oh, mi dispiace. Ma ha il passaporto?>>

<<Sì, eccolo>> disse, porgendo il passaporto a Rosetta.

<<Ho solo bisogno di compilare il mio registro degli ospiti.>> Lei esitò e alzò lo sguardo su Luigi. <<Si chiama Luigi Denaro?>>

<< Sì.>>

Lei gli ridiede indietro il passaporto. <<Ora l'accompagno nella sua stanza. È al secondo piano, il bagno è a sinistra, la sua stanza a destra. C'è il numero due sulla porta. Prego, si metta comodo. La cena è alle sei.>>

Janie aspettò nel corridoio il ritorno di Rosetta.

<<Lui è un amico di tua zia?>> disse Rosetta a voce bassa.

<<Più di un conoscente. È un po' strano però. Non sono riuscita a farlo aprire, non ha detto quasi una parola. Non ho capito perché è venuto in Inghilterra, ma lui non sembra entusiasta di essere qui.>>

La mente di Janie ebbe un flash back alla notte precedente quando aveva visto Luigi venire fuori dalla camera di suo padre. <<Tu non lo conosci, vero? Sembrava che il suo cognome ti dicesse qualcosa.>>

<<Il cognome Denaro, mi ricorda qualcosa. Non importa.>> La concentrazione di Rosetta sembrò vagare per un momento come se i suoi pensieri fossero altrove. Poi lei sorrise. <<Forse si rilasserà un po' di più ora che è con me. Un ricordo di casa per lui,

45

eh? E domani io ho un altro visitatore che arriva dall'Italia.>>

<<Un tuo amico?>>

<<No, penso che lui sia un uomo d'affari.>>

<<Cosa fa un uomo d'affari italiano qui a Tamarisk Bay? Forse lui vuole aprire una nuova caffetteria? Concorrenza per *Jefferson*, sarà meglio che dica a Richie di stare in guardia.>> Janie sorrise.

<<Tutto quello che so è il suo nome, il signor Bertrand Williams.>>

<<Sembra inglese, forse lui ha una famiglia qui. Sebbene non è un cognome che conosco in Tamarisk Bay. Intendiamoci, io sono andata a scuola con una Margaret Williams.>> Janie chiacchierava senza accorgersi che Rosetta l'ascoltava a malapena.

<<Sono contenta che tu sia venuta qui oggi. Ho un'idea. Domani è Venerdì Santo. Mi piacerebbe cucinare un piatto speciale e mi piacerebbe incontrare tua zia. Volete venire? Tu, Greg, tuo padre? Porta anche la bambina. Io non l'ho vista da più di una settimana e a questa età cambiano di giorno in giorno.>>

<<Sei sicura? Ci sarà tanto da cucinare. Perché non portiamo ognuno qualcosa?>>

<<Deve essere pesce. Tutto pesce il Venerdì Santo. Cucinerò io.>>

<<OK, lo dirò agli altri.>>

<<Chiedilo anche a Libby e sua nonna.>>

<<OK, ma ora devo scappare, o mi troverò in guai seri. Che mi dici dei tuoi suoceri? Verranno da Tidehaven?>>

<<No, loro sono troppo delicati per uscire di sera.

Io andrò a trovarli la domenica di Pasqua, dopo che avrò dato la colazione ai miei ospiti.>>

<<È un peccato che tu non abbia qui una famiglia.>> Janie toccò la spalla di Rosetta in gesto di conforto, ma l'italiana si scansò.

<<Ho degli amici.>> disse, sforzandosi di fare un sorriso.

<<OK, a domani allora. A che ora?>>

<<18.30.>>

<<18.30 sia.>>

<<È meglio che corra ora altrimenti Michelle urlerà è ora della prossima poppata.>>

Su nella stanza numero due Luigi aprì le sue valige. Una conteneva tutti i suoi maglioni. Già dal suo arrivo qui in Inghilterra sentiva il bisogno di coprirsi di più. La seconda valigia era in parte piena di sigarette. Aveva pensato che sarebbe stato difficile trovare la sua marca preferita qui in Tamarisk Bay, così era venuto ben equipaggiato.

Lui aveva fumato per la prima volta, all'età di quindici anni, era stato lasciato solo in casa per un weekend. Suo padre era fuori per lavoro, come sempre, e sua madre aveva fatto un viaggio a Bologna. Era raro per sua madre andare da qualche parte fuori dalla loro città natale di Anzio. Occasionalmente aveva passato una giornata a Roma, ritornando con un nuovo paio di scarpe o una borsa. Lei gli aveva detto che il viaggio a Bologna era per una sarta che gli era stata consigliata da una amica. Lui ricordava che lei era piena di aspettative come una ragazza che deve andare alla sua prima festa. Era un mistero per lui come qualcuno potesse essere così eccitato per dei vestiti. Per lui erano semplicemente qualcosa che doveva essere tenuta pulita e ben stirata, un fastidio più che altro.

Prima di partire per il weekend della moda gli aveva mostrato tutti i tipi di cibo nel frigorifero e nella credenza. Aprendo ogni sportello, lei spiegava in modo così scrupoloso cosa aveva preparato per ogni pasto e lui aveva giurato a sé stesso di passare l'intero fine settimana fuori di casa. Lei sarebbe tornata trovando tutti i cibi intatti. Questo era un piccolo atto di ribellione.

Appena lei se ne andò lui entrò nella camera da letto dei genitori. Non si ricordava quando era stata l'ultima volta che ci era stato. Forse quando era un bambino. Aprì l'armadio. Quello di suo padre era pieno di vestiti, ordinati con precisione, con sotto le scarpe accoppiate ed allineate. Come aprì l'armadio di sua madre un'ondata del suo profumo si riversò su di lui. Lui si tirò indietro, colpito dalla sensazione della sua presenza, quando in realtà era solo il suo profumo. Dopo si sedette alla sua toletta, aprendo il portagioie e le scatole di gingilli che ne coprivano la superficie. Riconobbe la doppia fila di perle, che era un regalo recente di suo padre. Lei aveva indossato il regalo davanti a Luigi chiedendogli di aiutarla ad allacciarla. C'erano anche gli orecchini abbinati. Erano gli ultimi di molti regali. Ogni volta che suo padre tornava da un viaggio di lavoro portava un regalo. Alcune volte profumi, occasionalmente fiori, ma spesso gioielli. Eppure ora, che stava guardando i suoi gioielli realizzava che lei non se ne era portata nessuno nel suo viaggio di shopping.

Allontanandosi dalla toletta della madre passò oltre il letto. A differenza del suo, che aveva un copriletto singolo, il loro era coperto con un sontuoso copriletto di raso che copriva cuscini di seta. Ai lati del letto c'erano comodini in legno di palissandro. Lui aprì uno dei cassetti, non conoscendo quale fosse la parte del letto della madre o del padre. Ma appena lo aprì lo seppe. Lì, tra un portafoglio di pelle, delle matite e uno strano fischietto d'argento, c'era un pacchetto di sigarette. Lui non aveva mai visto sua madre fumare, ma aveva visto raramente suo padre senza una sigaretta in mano. Questo quindi fu il più grande atto di ribellione. Prese il pacchetto di sigarette, tirò fuori una sigaretta e la mise in bocca, godendo la sensazione. Spinse la mano in fondo al cassetto e trovò l'accendino. Per un momento ammirò l'accendino tenendolo in mano. Il corpo dell'accendino era verde pallido, forse onice, la parte superiore ed il meccanismo erano in argento. Lo accese, la pietra focaia si attivò, fornendo una piccola fiamma luminosa. Accese la sigaretta e fece una lunga tirata.

Ora, quindici anni dopo, stando nella stanza numero due nella *Pensione Summer*, ripeteva lo stesso gesto e questo lo faceva star bene.

CAPITOLO 5

Venerdì Santo - Pensione Summer

Quando i Chandlers e i Jukes entrarono nella pensione quella sera gli aromi che si diffondevano dalla cucina di Rosetta avrebbero attirato anche il più morigerato dietista. <<C'è odore di festa.>> Janie poggiò una borsa della spesa sul piano della cucina, per estrarne il contenuto.

<<Ho solo fatto poche cose, un po' di pasta...>>

<<Aglio, pomodoro e...cosa è l'altro odore che sto sentendo?>>

<<Cozze. Pescate oggi.>>

<<Cozze di Tamarisk Bay alla Rosetta? Sembra delizioso. Noi abbiamo portato birre e cioccolate, posso metterle nel frigo?>>

<< Sì, fai pure, siediti. Dove è la bambina?>>

<<Abbiamo lasciato Michelle dai miei genitori per questa sera>> disse Greg. <<Mia madre non la vede mai abbastanza. Il guaio è che dorme quasi tutto il tempo, non mi sorprenderei se la prendessero in braccio per farla svegliare, solo così possono farle le coccole.>>

La *Pensione Summer* era un po' più maestosa della casa d'infanzia di Janie, ma non in modo ostentato. Il soffitto adorno di cornici e rosoni decorativi nella stanza da pranzo di Rosetta avevano un fascino per Janie, così come la vetrina che arrivava quasi all'altezza del soffitto, riempiendo la rientranza da un lato del camino. La prima volta che Janie aveva visto la collezione di porcellane e teiere in porcellana di ogni colore e forma si era complimentata con Rosetta,

50

ma fu solo più tardi che la colpì il fatto che era strano per una italiana collezionare porcellane, in particolare una che non poteva sopportate di bere il tè. Lei un giorno chiese a Rosetta di questo e le raccontò che le teiere erano passate in eredità a suo marito da sua nonna.

<<Mi ricordano mio marito>> le disse <<sebbene lui non potesse sopportarle. *Quale è lo scopo di avere così tante teiere*, usava dire, *ne basta solo una per fare una buona tazza di tè forte.*>> Quando parlava di suo marito cercava di emularlo alterando la sua voce, in un suono profondo e gutturale, che faceva tanto sorridere Janie.

Gli invitati si sedettero intorno al tavolo lasciando due sedie vuote per gli ultimi ospiti di Rosetta, Luigi Denaro e Bertrand Williams. Charlie si era sdraiato sotto la sedia di Philip, appoggiando la testa sui piedi del suo padrone, con il naso che si contraeva per captare ogni briciola o boccone che fossero caduti dal tavolo. Furono versate le bevande e la conversazione era vivace. Rosetta trottava avanti e dietro dalla cucina portando vari piatti sino a che il tavolo non era pieno, restava a malapena lo spazio per la brocca dell'acqua.

Janie si guardò intorno, sentiva un senso di antico splendore. Il tavolo di mogano era coperto con una pesante tovaglia di damasco, con bicchieri e posate luccicanti.

Lei era stata solo un'altra volta in una pensione. Lei e Greg avevano passato le prime due notti appena sposati appena fuori Brighton, in un posto magnificamente descritto nella pubblicità come un 'hotel di campagna'. Ma in realtà *Twilight B&B* non era altro che un *bed and breakfast*, anche se carino. Agli sposi veniva dato il miglior tavolo per la colazione, situato vicino alla finestra, mentre l'unica altra coppia che era lì era seduta vicino alla porta di servizio, dove arrivavano tutti gli odori della cucina. Ogni tavolo era apparecchiato per solo due persone e si era chiesta cosa sarebbe successo se fosse arrivata una famiglia. A *Twilight B&B*, tovaglie di lino bianco coprivano i piccoli tavoli, e le stoviglie blu e bianche erano robuste e funzionali. La scelta della colazione esposta sulla credenza non andava oltre ai *Cornflakes* e i *Weetabix.* C'era sempre un tale silenzio che quando Greg le sussurrò di passargli il *Ketchup* era solo per ridacchiare.

Rosetta, al contrario, aveva creato un'aria di rilassata eleganza nella sua stanza da pranzo. Un pezzo di smerlo ornava la parte superiore della credenza di noce, dove nel centro vi era una fruttiera di cristallo, piena di arance e mele. Ciotole di vetro più piccole contenevano noci e mandorle, ancora nel loro guscio, con in cima un paio di schiaccianoci decorati. Sicuramente Rosetta stava cercando di ricreare qui in Tamarisk Bay l'abbondanza della sua terra natale.

<<Queste olive, e i grissini, dove hai trovato tutte queste chicche? Tu devi conoscere un negozio segreto>> disse Jessica. <<Sono solo da un paio di giorni a casa e già mi manca il cibo italiano, non avevo idea che tu potessi comperarlo qui.>>

<<C'è un negozio in *Little Italy*, è come entrare nel mio negozio preferito del villaggio in Puglia.>>

<<*Little Italy*?>> Jessica fece scivolare nel suo piatto un po' di olive, sorridendo perché Janie ne aveva addentata una e aveva fatto una smorfia.

<<A Londra, nel quartiere italiano.>> L'espressione di Rosetta era sognante. <<È bellissimo, tu devi andarci un giorno.>>

<<Sei stata a Londra di recente?>> chiese Janie.

Prima di rispondere Rosetta prese la brocca dell'acqua e riempì i bicchieri. <<Vado quando posso>> disse, evitando lo sguardo di Janie.

<<Speriamo che *l'altro impegno* di Libby valga la pena di perdersi tutti questi sapori d'Italia>> disse Janie.

<<Aveva un appuntamento?>> chiese Rosetta.

<<Ray e Libby sono praticamente inseparabili. Lei continua a dire quanto vorrebbe andare in Italia ed ora si sta perdendo la possibilità di uno studio importante. Come è il tuo nuovo arrivato, Rosetta? Il signor Williams, vero?>>

<<Sembra simpatico>> rispose Rosetta. <<Come puoi immaginare possa essere un uomo di affari inglese, molto corretto, con il suo viso serio e la sua pipa.>> Rosetta giocherellò con la collana di perle d'ambra che aveva intorno al collo prima di continuare. <<E il tuo amico, lui lo conosce.>> Diresse il suo commento direttamente a Jessica.

<<Luigi lo conosce?>> chiese Jessica.

<<Sì.>> Rosetta si alzò, riempì il suo bicchiere con l'acqua, poi si sedette di nuovo.

<<Questa è una strana coincidenza>> disse Greg, guardando Rosetta per avere più spiegazioni.

<<Quando il signor Williams è arrivato questa

mattina, il signor Denaro stava uscendo dalla stanza della colazione. Loro si sono incontrati nel corridoio ed hanno parlato insieme.>>

<<Se Luigi sapeva che veniva dall'Italia, forse gli stava dando il benvenuto>> disse Philip.

<<No, il signor Denaro era scontento. Ha detto alcune parole al signor Williams ed il suo volto era scuro.>>

<<Cosa vuoi dire, Rosetta?>> chiese Janie.

<<So solo quello che ho visto, e sentito. Lui era arrabbiato.>> Quando Rosetta era irritata la sua voce tendeva a salire di tono, come ora.

<<Non stiamo dubitando di te. È solo che sembra strano.>> disse Janie.

<<Forse conosco questo signor Williams>> disse Jessica. <<È divertente, perché Luigi ha pensato di riconoscere qualcuno sul treno. Ora sarebbe piccolo il mondo, se lo stesso uomo è arrivato qui.>>

Rosetta si alzò, ma non disse altro, andò in cucina, e riapparve di nuovo con altri piatti di olive. Nell'ambiente si sentiva musica italiana e Jessica iniziò a canticchiare su uno dei brani. <<Oh, questa è la mia preferita. La suonano sempre tutto il tempo nel bar dove lavora Luigi.>>

<<Un po' differente dai tuoi gusti musicali di prima>> disse Philip scherzando. <<Mi ricordo quando sei venuta la prima volta a stare con noi tu ascoltavi *Rock around the clock* di Bill Haley a ripetizione finché non mi hai quasi fatto impazzire.>>

<<E tu con il tuo Frank Sinatra?>> replicò Jessica. <<Povera Janie non aveva alcuna possibilità. Ti ricordi quando ci chiese di comperarle quel disco di

Rosemary Clooney? Come si chiamava?>>

<<*Mambo italiano*. Mi ricordo che lo sentivo alla radio di papà e giravo qua e là danzandolo. Non potevo avere più di nove anni.>> Disse Janie, chiudendo gli occhi concentrandosi per ricordare le prime battute della canzone.

<<Un inizio precoce>> disse Philip, ridendo.

<<Mi chiedo dove sono gli altri ospiti? Dovremmo iniziare a mangiare, o il cibo si rovinerà.>> Jessica si alzò ed andò alla fine del tavolo. <<Andrò a prenderli. Sapete come possono essere gli uomini, non hanno idea di quanto ci voglia a preparare un pranzo come questo.>>

<<No, andrò io.>> C'era ancora un tocco di irritazione nella voce di Rosetta.

Ogni persona attorno al tavolo di Rosetta quella sera avrebbe ricordato i minuti successivi.

Jessica era certa che fosse passato un minuto, forse due, prima di un urlo penetrante che distrusse istantaneamente la convivialità della serata. Per quanto provasse, Greg ricordò poco, tranne l'abbaiare di Charlie, che quasi copriva l'urlo.

Janie trovava utile chiudere gli occhi quando cercava di rifocalizzare l'evento passato, Philip, d'altra parte, non aveva bisogno di chiudere gli occhi. Tutte le informazioni di cui aveva bisogno gli venivano attraverso il suo udito e aveva sviluppato un'abilità nel percepire i movimenti. Forse erano i sottili cambiamenti nell'aria intorno a lui, o vibrazioni, ma qualunque cosa fosse, sapeva che per quei primi due secondi dopo che Rosetta aveva urlato tutti i suoi ospiti erano rimasti assolutamente immobili. E in silenzio.

Janie fu la prima a muoversi. Corse nel corridoio, chiamando il nome di Rosetta. <<Cosa c'è? Stai bene?>>

Senza aspettare la risposta, corse su per i tre piani di scale verso le camere degli ospiti. Jessica stava in piedi in fondo alle scale, mentre Philip cercava di calmare Charlie. Per alcuni minuti Philip sentì solo voci soffocate, passi e qualcuno che piangeva. Lui sentì la mano di Greg sulla sua spalla quando si sentì il secondo urlo, non così forte come il primo, ma in qualche modo più agghiacciante. Poi riconobbe i passi di sua figlia che tornava nella stanza.

<<Cosa è successo, Janie?>>

<<Papà.>> Come lei prese la sua mano la sentì tremare. <<È qualcosa di terribile.>>

<<Parlami, dimmi cosa è successo.>>

<<È il signor Williams. Lui è morto. L'ho appena visto sdraiato sul suo letto, morto.>>

CAPITOLO 6

Venerdì Santo - Pensione Summer

Quando Janie la raggiunse, Rosetta stava sulla porta della camera da letto della stanza numero 3, le mani le coprivano il volto. Lei sembrava una statua di marmo, il suo viso era pallido e sembrava non respirasse. Non appena Janie si avvicinò, lei diede un secondo urlo, ma questa volta il tono era più basso, come se avesse esaurito le sue emozioni. Mentre Rosetta l'abbracciò, Janie sentì che tremava.

<<Ssh ora, è tutto a posto.>> Mentre Janie parlava, guardò oltre Rosetta nella camera da letto dell'uomo che stavano aspettando per la cena. Il signor Williams era sdraiato nel suo letto, completamente vestito e immobile.

<<Vieni con me, tu hai avuto un terribile shock.>>

Lei portò Rosetta verso le scale, chiudendo la porta della stanza del signor Williams. Una volta scese al piano di sotto, Janie accompagnò Rosetta nella sua stanza da letto, facendola sedere sulla sedia di vimini accanto alla toletta. <<Ti lascio qui per pochi minuti. Devo andare a dire agli altri cosa è successo e fare una telefonata.>>

<<Io non capisco.>> Rosetta guardò in su, i suoi occhi cercavano nel viso di Janie la conferma che gli ultimi minuti erano stati un incubo, invece della realtà. <<È veramente morto? È arrivato solo questa mattina.>> Rosetta fece una pausa, coprendosi il viso con le mani. <<Oh no, oh no.>> le sue parole erano attutite dai singhiozzi.

<<È uno shock terribile, trovare qualcuno in quel modo. Io non so se dobbiamo chiamare la polizia, ma chiamerò il Dr Filbert, lui saprà cosa fare.>> Mise le mani sulle spalle di Rosetta, ma lei si alzò in piedi, allontanandola da lei.

<<Niente polizia.>> disse.

<<Ma il signor Williams è uno straniero e con la sua morte all'improvviso... mi stavo chiedendo.>>

<<Cosa? Cosa ti stai chiedendo?>> la voce di Rosetta ora era stridula, e gesticolava con le mani.

<<I suoi parenti prossimi, la sua famiglia, devono essere avvertiti. Forse la polizia può aiutarci.>>

<<Vuoi che la mia pensione abbia la fama di un posto dove la gente viene a morire? Niente polizia.>> Rosetta folgorò Janie con lo sguardo.

<<Ora non pensarci, prova a chiudere gli occhi e riposarti un pochino e appena avrò chiamato il dottore tornerò per assicurarmi che stai bene.>>

Dopo aver informato gli altri dell'accaduto e chiamato il Dr Filbert, c'era ben poco da fare solo aspettare, a parte il fatto che c'era un'altra persona che mancava al tavolo quella sera. Non solo Luigi era assente alla cena, ma non era nemmeno uscito dalla sua stanza sentendo l'urlo di Rosetta, o dopo tutto il via vai che c'era stato.

Janie avanzò lungo il pianerottolo e si fermò davanti alla stanza numero due. Lei bussò leggermente alla porta. La seconda volta che bussò le sembrò di sentire un rumore dentro la stanza e decise di azzardare. Spinse la porta per aprirla e trovò la stanza vuota. La finestra era spalancata, le tende sbattevano contro il davanzale. Lei girò intorno al letto per andare a chiudere la finestra ed i suoi piedi inciamparono in qualcosa. Si chinò per raccoglierla e vide che era una camicia bianca, accartocciata e infilata sotto al telaio del letto. Mentre scuoteva la camicia notò una macchia sul davanti proprio accanto al bottone in alto. Un paralume color senape, appeso al soffitto rendeva la luce nella stanza fioca e gialla, ma da un esame a distanza più ravvicinata, non aveva dubbi che la macchia fosse rossa, rosso sangue. Lei riavvolse la camicia di nuovo e la rinfilò dove l'aveva trovata.

Il Dr Filbert arrivò dopo venti minuti. Janie gli mostrò la stanza del signor Williams e le sembrò strano che lui bussasse prima di entrare. Era difficile accettare che dietro quella porta giaceva un povero uomo morto che solo qualche ora prima probabilmente stava disfacendo la sua valigia. Ora niente di tutto ciò importava. Chiunque poteva entrare nella sua stanza, frugare tra i suoi oggetti personali e lui non ne sapeva niente.

<<La lascio...>> disse Janie, non conoscendo come fosse il protocollo in queste situazioni.

Il Dr Filbert entrò nella stanza e si avvicinò al letto, mentre Janie stava sulla porta. Le faceva impressione guardare il corpo senza vita, eppure una piccola parte di lei voleva ricordare ogni dettaglio. Lei guardò il medico controllare se vi fossero battiti e quindi lo vide scuotere la testa. Il signor Williams era steso sul letto, parzialmente coperto con un copriletto pulito arancione. Era completamente vestito, la sua camicia slacciata al collo e la cravatta leggermente allentata.

Sentendosi sempre più a disagio con l'idea che stava guardando un uomo morto, Janie lasciò il dottore a fare quello che doveva e raggiunse gli altri in cucina. Jessica stava lavando i piatti, impilandoli sul piano di lavoro. Nessuno aveva più appetito. <<Io non so come andranno le cose e non voglio andare a rovistare in giro>> lei disse, quando Janie prese un canovaccio. <<Pensi che Rosetta stia bene? Dovremmo andare a vederla?>>

<<Probabilmente sta provando a dormire, sebbene penso che nessuno di noi avrà una notte facile.>> Philip e Greg sedevano al tavolo di cucina, pronti ad entrare in azione, ma sforzandosi di capire quale cosa sarebbe stata più utile. Erano tutti combattuti tra domande irrisolte e folli teorie.

<<Pover'uomo>> disse Philip. <<Se lui aveva problemi di cuore, può essere che il viaggio sia stato troppo per lui.>>

<<A me dispiace per Rosetta>> disse Greg. <<Lei ha avuto tutte quelle preoccupazioni con il signor Hugh Furness ed ora questo. Povera donna penserà di essere sfortunata.>>

<<A questo punto non c'è molto da indovinare. Passeranno alcuni giorni prima che si trovi la causa della morte. Infatti, la polizia potrebbe anche non dircelo.>> Philip espresse il suo pensiero ad alta voce.

<<Perché non dovrebbero dircelo?>> disse Janie, alzando la voce.

<<Perché non ha nulla a che fare con noi. Noi non siamo familiari, e neanche amici.>>

Greg prese la mano di Janie nelle sue. <<Deve essere stato orribile, tu l'hai visto, lì steso. In un

primo momento devi aver pensato che dormisse?>>

<<Lo ha trovato Rosetta. Poi ha urlato. Ancora la risento nelle mie orecchie.>>

<<Pover'uomo>> disse Philip, mentre accarezzava Charlie.

Janie lasciò la mano di Greg ed andò verso la finestra della cucina. <<Non avevo mai visto un morto prima d'ora. La cosa terribile è che inspiegabilmente mi sentivo affascinata. Posso incolpare Poirot di questo, o pensate che io sia strana?>>

<<Un uomo ha perso la vita>> disse Greg, con una punta di irritazione nella sua voce. <<Come ci sentiamo io o te è irrilevante.>>

<<È angosciante per te principessa>> intervenne Philip per allentare la tensione. <<Ma se è stata una cosa improvvisa, non dovrebbe aver sofferto molto. Una morte veloce può essere una benedizione per la persona interessata.>>

Janie si girò a guardare il padre. <<Non c'era nulla di pacifico. Il suo viso sembrava...>>

<<Cosa? Cosa sembrava?>> Greg le andò vicino abbracciandola.

<<Terrorizzato.>>

Un colpetto di tosse li avvertì che il Dr Filbert ora era sulla porta della cucina. <<Il corpo sarà rimosso appena arriverà la polizia.>>

<<È stato un infarto?>> chiese Greg, guardando il dottore.

<<Ci sarà bisogno dell'autopsia, poi potremmo esserne sicuri.>>

Janie accompagnò il dottore nel corridoio, gli strinse la mano e lo precedette per aprirgli la porta.

<<Grazie per essere venuto così velocemente. È stato uno shock per tutti noi. Ma Rosetta, cioè la signora Summer, ha avuto un duro colpo.>>

<<Vuole che le prescrivo qualcosa? Un leggero sedativo, solo per tranquillizzarla?>> il Dr Filbert cercò il ricettario nella borsa.

<<Spero che stia bene, le porterò un tè forte zuccherato o forse è meglio un caffè.>>

<<Provi con un goccio di brandy.>> Sussurrò il Dr Filbert. <<Non le farà male.>>

<<Deve essere la prima volta>> rise Janie, pensando tra sé, *'un dottore che prescrive alcolici'*.

<<Io non ho detto nulla>> disse il Dr Filbert, facendo un sorriso rassicurante a Janie.

Proprio mentre stava andando via il dottore, apparvero altri due persone sul viale della casa. Uno indossava l'uniforme della polizia, l'altro era ben noto a Janie, il sergente detective Frank Bright.

<<Signora Juke>> lui disse, stendendo la mano. <<Non mi aspettavo di trovarla qui.>>

<<DS Bright>> Janie indietreggiò nel corridoio invitando i due poliziotti ad entrare.

<<Abbiamo saputo che c'è stato un morto. Questo è l'agente Roberts, siamo venuti per ispezionare la scena.>>

<<Lei sta parlando come se ci fosse stato un crimine.>>

Avendo sentito delle voci Greg uscì dalla cucina.

<<Signor Juke.>> il DS Bright aveva riconosciuto e salutato Greg e si girò di nuovo verso Janie. <<Andiamo a vedere la stanza ora, signora Juke.>>

<<Non sarebbe meglio se venisse Rosetta?>> disse

Greg, mettendo la mano sul braccio di Janie. <<Noi siamo solo ospiti, non è nostro questo posto per mostrarlo alla polizia?>>

<<Rosetta non è in condizioni. Li accompagno io, sono sicura che lei non si dispiacerà.>> Janie si girò verso i poliziotti, facendogli segno di seguirla nel corridoio e su per le scale sino al secondo piano dove erano le camere degli ospiti e dove giaceva il corpo del signor Williams.

<<Ora ci può lasciare. Scatteremo delle foto, prenderemo appunti e la informeremo quando abbiamo finito.>>

<<Foto?>>

<<Nessuno ha toccato o mosso qualcosa nella stanza da quando è stato trovato il corpo?>>

<<No, almeno non penso.>>

<<Non pensa?>>

<<Sono sicura che Rosetta non ha toccato nulla. Lei era scioccata. Abbiamo sentito il suo grido, ma sono sicura che è rimasta di ghiaccio. Lei era ancora impietrita quando l'ho trovata, là fuori sul pianerottolo.>> Janie indicò in direzione del pianerottolo vuoto, il ricordo di Rosetta era ancora nitido nella sua mente.

<<Vedo, quindi, solo lei e la signora Summer?>>

Janie seguì lo sguardo del detective mentre ispezionava la camera da letto. Lui aveva visto qualcosa che lo aveva reso sospettoso. Cosa era? Prima che lei potesse chiederglielo, lui disse, <<chiuda la porta uscendo.>>

Mezz'ora dopo sentirono i passi pesanti del Ds Bright e l'agente Roberts che scendevano le scale.

Prima che qualcuno potesse parlare, il DS Bright diede un lieve colpo di tosse. <<Ho bisogno di cinque minuti del vostro tempo.>>

Jessica fece cenno al poliziotto di sedersi, ma il detective scosse la testa. <<Devo parlarvi individualmente. Forse potreste venire uno alla volta nel salotto?>>

<<Sono sicuro che lei capisca, che siamo tutti ospiti qui>> disse Philip. <<La proprietaria della pensione è la signora Summer. Lei è anche la persona che ha trovato il morto.>>

<<Sì, esattamente. Naturalmente dovrò interrogare la signora Summer, ma prima vorrei parlare qualche minuto con ognuno di voi. C'è ancora qualche altra persona con cui dovrei parlare?>>

<<Vuole dire altri ospiti?>> disse Janie, percependo la necessità di sembrare ottusa.

<<C'è Luigi>> disse Greg, ignorando il cipiglio sul viso di Jessica.

<<Luigi?>>

<<Luigi Denaro. Lui è un altro ospite>> informò Jessica.

<<Capisco. E dov'è il signor Denaro in questo preciso momento?>>

<<Non lo sappiamo>> disse Janie.

Se il DS Bright aveva notato lo sguardo che si erano scambiati Janie, Greg e Jessica, aveva scelto di ignorarlo. <<Signor Chandler, può venire con noi.>>

Philip diede una piccola spinta a Charlie, che stava sonnecchiando. Ora lui era in allerta e pronto per muoversi, guidò Philip verso il salotto, seguendo il sergente detective e l'agente di polizia.

C'era poco che Philip potesse dire riguardo la scoperta del corpo, oltre che confermare che aveva sentito un grido subito dopo che Rosetta era uscita dalla stanza per andare a chiamare il suo ospite.

<<E lei aveva già visto il signor Williams, prima di questa sera?>> chiese il detective.

<<No, lui era arrivato solo questa mattina, da quello che ne so.>>

<<Capisco. Mi parli brevemente delle persone che erano presenti questa sera.>> Il sergente detective annotò alcune brevi informazioni date da Philip sulle persone che erano al tavolo di Rosetta.

<<E sua figlia ha seguito la signora Summer sulle scale?>>

<<Non esattamente. Lei è salita quando abbiamo sentito il grido.>>

<<Nessun altro è andato con lei? Il marito, per esempio?>>

A Philip non sfuggì la sottile insinuazione del detective. <<Janie è molto capace.>> disse.

<<Infatti.>> fu la risposta concisa del detective.

Jessica fu la prossima persona ad essere chiamata nel salotto di Rosetta che era diventato una improvvisata stanza interrogatori. Come Philip, c'era poco che lei potesse aggiungere alle vaghe immagini degli eventi.

<<So che lei è appena ritornata dall'Italia. Vero signora Chandler?>>

<<Sono signorina. Sì, sono arrivata un paio di giorni fa.>>

<<E il signor Denaro era il suo compagno di viaggio?>>

<< Sì.>>

<<E c'era una ragione in particolare per la quale il signor Denaro ha scelto di venire a Tamarisk Bay, oltre che per accompagnare lei?>>

<<In realtà è stata una semplice coincidenza.>>

<<Ho imparato che le cose sono raramente così semplici come sembrano.>> DS Bright, aspettava con la sua matita che si librava sul suo taccuino. L'agente di polizia si spostava su un piede all'altro, come se fosse già stanco.

<<E lei ha un'idea di dove sia ora il signor Denaro?>> Il DS Bright prese un pacchetto di sigarette dalla sua tasca della giacca e le offrì a Jessica.

<<No grazie, non fumo.>> Si stava chiedendo se avrebbe dovuto portargli un posacenere e si rese conto che lui stava aspettando una sua risposta. <<Penso che sia uscito per una passeggiata.>>

Il DS Bright alzò un sopracciglio e diede un'occhiata all'agente di polizia. <<Un momento insolito per andare a fare una passeggiata quando lui avrebbe dovuto raggiungervi per la cena.>>

<<Forse era uscito per una sigaretta>> disse Jessica, difendendo il suo amico assente.

<<Ah, sì.>> Il DS Bright scrisse alcune brevi annotazioni e aspettò che Jessica continuasse.

<<Non le ha parlato nessuno della valigetta persa?>>

Il DS Bright leccò la punta della matita e guardò Jessica.

<<Luigi, cioè il signor Denaro. Bene, la sua valigetta è sparita mentre eravamo sul treno per venire qui da Roma. Noi abbiamo fatto la segnalazione alla guardia

ed abbiamo fatto un rapporto completo quando siamo arrivati a Parigi. Sono sicura che sia stato uno sbaglio. Qualcuno probabilmente l'ha presa per errore. Ma lui era molto arrabbiato.>>

<<La guardia?>>

<<No, Luigi.>>

<<E lei pensa ci sia un nesso tra la sparizione della valigetta e la morte del signor Williams?>>

Jessica si morse il labbro, pentendosi di aver sollevato l'argomento. Il detective continuava a scrivere sul suo taccuino. Jessica cercò di vedere cosa stesse scrivendo, ma sembrava che avesse scritto in qualche tipo di stenografia, parole abbreviate e scarabocchi. Lui si fermò ed alzò lo sguardo. <<E perché il signor Denaro ha deciso di stare in questa pensione?>>

<<Non ci sono molte pensioni in Tamarisk Bay. Inoltre, Janie conosce Rosetta. È lei che lo ha consigliato.>>

<<Ah, sì, la signora Juke. Sembra che conosca molte persone qui.>>

<<Lei è una bibliotecaria ed ha vissuto tutta la sua vita a Tamarisk Bay. È d'obbligo che conosca tutti.>>

<<Sì, proprio così. E poi abbiamo il signor Williams. Anche lui era arrivato dall'Italia e si è diretto verso questa pensione.>>

<<Sì.>>

<<E vi siete imbattuti nel signor Williams durante il viaggio in treno per arrivare qui?>>

<<No.>>

<<Hm.>> Il DS Bright guardò Jessica, che ora era arrossita. <<Lei è sicura di questo, vero?>>

67

<<Non capisco cosa stia insinuando, sergente detective.>>

<<Sto solo facendo le domande signora e scrivo le risposte. Bene, per ora è tutto. Grazie per il tempo che mi ha dedicato. Agente, accompagni la signorina Chandler in cucina e chieda al signor Juke di venire qui.>>

Mentre aspettava che Greg lo raggiungesse DS Bright sfogliò il suo taccuino. Aggiunse alcuni punti interrogativi in uno o due posti e sottolineò un paio di affermazioni. Poi guardò l'orologio. Sarebbe passato ancora un po' di tempo prima che potesse tornare a casa da Nikki e dai gemelli. Non era il modo ideale di passare la sera del Venerdì Santo. Immaginò che la sua cena sarebbe stata ad aspettarlo, su di un piatto, pronta per essere riscaldata in un tegame. In realtà si sarebbe dovuto fermare alla stazione di polizia, mentre tornava a casa, per scrivere le sue note in modo più approfondito, ma questo doveva aspettare fino al mattino.

Per fortuna, una morte inaspettata in Tamarisk Bay era un evento raro, ma il suo istinto gli diceva che questo poteva non essere un caso semplice. Roberts non era stato a lungo nella sua squadra, ma fino a quel momento si era rivelato utile. Individuare il sangue sul cuscino del signor Williams dimostrava che il poliziotto aveva un occhio acuto. C'era una macchia di sangue su un lato del cuscino, che divenne evidente quando spostarono il corpo. Poi ne trovarono un'altra più piccola sul lato inferiore del copriletto. Ma nulla di evidente intorno al viso o al collo della vittima. Sotto le direttive del DS Bright, Roberts aveva indossato un paio di guanti di plastica fini e aveva svuotato il cestino della carta che era in un angolo della stanza vicino alla finestra. Sotto due giornali buttati c'era un fazzoletto. Roberts lo prese e lo diede al suo capo. Al centro del fazzoletto c'era una grande macchia di sangue.

Tutti indizi, ma tuttavia prove.

CAPITOLO 7

Venerdì Santo - Pensione Summer

Greg seguì l'agente di polizia nel salotto e si fermò per un momento, non sapendo se il sergente detective si fosse accorto di lui. Sembrava così assorbito dal suo taccuino. Greg fece un piccolo colpo di tosse, a quel punto il detective alzò lo sguardo.

<<Signor Juke, prenda una sedia.>>

<<Non c'è molto che io le possa dire. Non sono nemmeno andato di sopra.>> Greg si asciugò i palmi sudati sui pantaloni. Tutto quello a cui riusciva a pensare era il motivo per cui sua moglie era così attratta da tutte queste strane situazioni.

<<Facciamo un passo alla volta. Dopo alcuni fatti.>> Il DS Bright fece un sorriso forzato, chiedendosi velocemente se avrebbe avuto il tempo per una sigaretta prima del prossimo interrogatorio. Lui allungò il pacchetto verso Greg che scosse la testa. <<Non è mai stato un fumatore, signor Juke? Devo ammettere che vorrei non aver mai iniziato, ma ora ho questa abitudine, bene...cosa stavo dicendo, ah, sì, lei aveva incontrato il signor Williams prima di questa sera?>>

<<No...>>

<<E il signor Denaro? Lo ha conosciuto?>>

<<Non proprio, no.>>

<<Sia più chiaro.>>

<<Lui è arrivato con Jessica, che è la zia di Janie. Noi abbiamo parlato con lui per poco tempo a casa di mio suocero. Ma poi è venuto a stare qui.>>

<<Ah, sì. Perché?>>

<<Cosa?>>

<<Perché si è trasferito qui?>>

<< Janie ha pensato che lui stesse più comodo qui.>>

<<Ah, sua moglie.>> Il detective prese un altro appunto nel suo taccuino e Greg ebbe la terribile sensazione che in qualche modo avesse detto più del necessario.

Quando Janie raggiunse i poliziotti nel salotto, non poté fare a meno di ripensare alle conversazioni precedenti con il DS Bright. In varie occasioni si era seduta di fronte al detective nella sala interrogatori della polizia, uno spazio sterile che sembrava una cella di una prigione, fatta eccezione per la mancanza di sbarre alla porta.

<<Qualcuno le ha offerto da bere?>> lei disse, notando la faccia del giovane agente di polizia sollevata al pensiero di un sostentamento.

<<Una tazza di tè andrebbe molto bene.>> Rispose il DS Bright. <<Roberts può andarla a prendere.>> Fece un cenno all'agente di polizia, che si allontanò verso la cucina.

<<Per fare questo lavoro abbiamo la necessità di fare molte domande>> continuò il detective. <<Ma lei sa tutto su questo.>>

<<Il mio lavoro di bibliotecaria consiste solitamente nel rispondere alle domande, indicare alle persone i libri giusti, quel genere di cose.>>

<<Noi sappiamo entrambi a che tipo di domande mi sto riferendo, signora Juke. Non sia schiva.>>

<<Come sta Nikki? I gemelli?>>

«Concentriamoci sugli eventi di oggi, va bene?»

«Lei pensa ci sia un crimine da investigare?»

«Io faccio le domande, signora Juke. Mi dica esattamente cosa ha visto quando è entrata nella stanza del signor Williams.»

Janie volse lo sguardo lontano dal detective, trovando più semplice richiamare nella sua mente la scena concentrandosi su un pezzo di carta da parati che era dietro la testa del detective. La carta era ingiallita dall'umidità, i bordi si alzavano, ricordandole i tempi in cui da bambina si divertiva a staccare la carta da parati nella sua camera da letto. Poi si riconcentrò.

«Lui era vestito, ma era coperto con il copriletto. Supponevo che lo avesse coperto Rosetta quando l'aveva trovato» disse Janie.

«Non siamo qui per fare supposizioni, non le sembra?»

Lei sorrise, grata per la momentanea inclusione. Era come se fosse stata improvvisamente promossa da dilettante a professionista.

Il DS Bright continuò. «Il viso era coperto?»

Lei chiuse gli occhi per un momento, ricordando l'espressione di terrore sul viso del signor Williams. Quando lei riaprì gli occhi di nuovo diresse il suo sguardo al detective. «No, non il viso.»

«Riniziamo dal momento in cui avete conosciuto il signor Williams, va bene?»

«Non lo abbiamo conosciuto.» Janie si agitò un po' sulla sedia. «L'unica volta che ho visto quel pover'uomo è stato quando era morto.»

«So che lei capisce l'importanza di questa

informazione, signora Juke. Ogni dettaglio può fare la differenza.>>

<<Sì, se lei sta investigando su un crimine. Lei pensa che il signor Williams sia stato ucciso? Non può essere stato un semplice attacco di cuore?>> disse Janie.

<<Questo è quello che sto cercando di stabilire, ma il lavoro svolto in tutti questi anni mi ha insegnato che la vita raramente è liscia e semplice.>>

Il detective teneva il taccuino in un modo che era impossibile vedere cosa stesse scrivendo. Per un momento lei desiderò di avere con lei il suo taccuino. Almeno le avrebbe dato qualcosa da fare con le sue mani.

<<Mi parli della sua amicizia con il signor Denaro.>>

<<Non ho una amicizia. Io pensavo che lei stesse qui per scoprire qualcosa sul signor Williams?>>

<<Quando ha incontrato per la prima volta il signor Denaro?>>

<<Quando è arrivato a casa di mio padre.>>

<<E sua zia lo conosceva, giusto?>>

<<Lui è venuto qui dall'Italia insieme a mia zia. Lei già lo sa, sono sicura. Mia zia gliene ha parlato, vero?>>

Il DS Bright sospirò. <<Prendiamoci quella bevanda ora, va bene?>>

L'agente Roberts era tornato nella stanza con due tazze di tè. Un drink andava benissimo, ma nella sua mente, l'agente di polizia pensava più al cibo che al bere. Erano passate ore da quando aveva mangiato i suoi sandwich ed ora pensava alla torta e al purè che la moglie, gli aveva promesso di fargli trovare, quella mattina quando era uscito di casa.

<<Sergente detective, non penso ci sia altro che possa dirle. Vuole che vada a prendere Rosetta?>> Janie nascose un sorriso mentre guardava il detective prendere un sorso del suo tè, che chiaramente non era di suo gradimento. <<Vuole dello zucchero? Posso andarglielo a prendere, se crede?>>

<<Il tè va bene.>> Lui prese un altro sorso, riposò la tazza e si rivolse a Roberts. <<Agente, chieda alla signora Summer di raggiungerci.>>

<<Verrò su con lei. Forse lei sta dormendo...>> Janie balzò in piedi, pronta a seguire l'agente di polizia.

<<Il Dr Filbert gli ha prescritto un sedativo?>>

<<No. Lui voleva, ma sono sicura che lei si sentirà meglio. Finché non la farete agitare troppo con le vostre domande.>>

Per Rosetta Summer avere due poliziotti nel suo salotto la terrificava quasi come spalancare una porta e trovare uno dei sui ospiti morto.

<<Perché siete qui?>> rivolse uno sguardo accusatorio al DS Bright. Un poliziotto stava bevendo dalle sue stoviglie seduto sulla sua poltrona. La sua casa non sarebbe stata più la stessa.

<<Ogni volta che c'è una morte improvvisa, dobbiamo indagare.>> Il detective parlava lentamente in tono misurato, come se Rosetta fosse un bambino che doveva ancora imparare la lingua degli adulti.

<<La gente muore. Non è un crimine.>> Rosetta si portò le mani al volto, sentendo il freddo delle sue guance.

<<Tutto quello che stiamo facendo è analizzare i

fatti. Questo è il nostro lavoro, signora Summer. Vuole sedersi mentre le facciamo alcune domande?>>

<<Lei mi offre di sedermi nella mia casa?>> Lei disse con voce di rimprovero per far capire la sua irritazione, poi spostò l'altra poltrona verso la porta, sistemandola il più possibile lontano dal detective.

<<Non le piace troppo la polizia?>>

<<Voi non avete fatto nulla per aiutare mio marito.>>

<<Suo marito?>>

<<È stato tanto tempo fa. Non ne voglio parlare ora.>>

<<Come le ho detto, il nostro lavoro è rilevare i fatti. Noi non stiamo accusando nessuno...>>

Rosetta si alzò, muovendo le braccia in aria mentre parlava. <<Accusare? Che cosa, voi pensate che porti qui i miei ospiti e poi li uccida? Voglio che voi lasciate la mia casa. Andatevene, subito.>>

<<È tutto a posto?>> Janie aprì la porta del salotto ed entrò stando in piedi accanto a Rosetta. <<Ho sentito voci alterate.>>

<<La signora Summer è angustiata. Forse lei può rassicurarla.>>

Con la situazione un po' più calma, il DS Bright tentò di avere i dettagli delle poche ore precedenti dal punto di vista della irritabile proprietaria.

<<Cosa mi può dire del signor Williams?>> lui chiese.

<<Dirvi? Non vi posso dire niente. Tutto quello che so è che era un ospite della mia pensione.>>

<<Non era sorpresa che qualcuno proveniente dall'Italia avesse prenotato presso la sua pensione?>>

<<Io sono italiana. I miei amici a casa conoscono cosa faccio. Gli ho detto, venite a trovarmi. Ma nessuno è mai venuto. Loro non hanno soldi.>>

Il DS Bright osservava Rosetta mentre agitava le mani e le sue guance diventavano rosse. Prese una sigaretta dal pacchetto e se la mise in bocca, spenta.

<<Preferirei che non si fumasse nel mio salotto, per favore.>> Rosetta fulminò con lo sguardo il detective.

<<Certamente, giusto.>>

<<È una brutta abitudine. Lei puzzerà, i suoi vestiti puzzeranno e guardi le sue mani, le sue dita, sono gialle. Chi vorrebbe avere le dita gialle?>> Tese le sue mani verso il poliziotto come per dimostrare una perfetta manicure. Il colore delle guance del giovane agente di polizia passò dal rosa al rosso. <<E non va bene per la sua salute>> continuò Rosetta. <<Il signor Williams, era arrivato questa mattina, lui fumava la sua pipa, tossiva, e quindi fumava di nuovo. Ed ora lui è morto.>>

Il DS Bright continuò imperterrito. <<Il signor Williams conosceva i suoi amici in Italia?>>

<<Lei mi sta facendo così tante domande. Io non conoscevo il signor Williams. Chieda al signor Denaro, lui ne saprà più di me.>>

<<Il signor Denaro?>>

<<Loro si conoscevano.>>

<<Che cosa glielo fa pensare?>>

<<Il signor Denaro, ha parlato con il signor Williams questa mattina, quando è arrivato.>>

<<Capisco. E lei ha sentito la loro conversazione?>>

Rosetta lanciò uno sguardo al sergente detective, poi guardò di nuovo verso l'agente di polizia. <<Lei è

giovane, lei dovrebbe stare a festeggiare Pasqua con sua moglie. Invece sta qui a parlare di morti.>>

Il DS Bright alzò un sopracciglio, scambiandosi un breve sguardo con l'agente, la sua espressione non rivelava se fosse d'accordo con Rosetta. In verità, l'agente Roberts sarebbe stato d'accordo con lei, se non fosse per il suo capo che monitorava ogni sua mossa.

<<Consideriamo gli eventi accaduti prima di stasera, va bene?>> disse il detective, cercando di mantenere un contegno nella sua voce. <<Quando lei ha aperto la porta della stanza del signor Williams, cosa ha visto?>>

<<Lo sa cosa ho visto. Non voglio ripeterlo ad alta voce. È cose se lo rivivessi di nuovo.>>

<<Ha mosso nulla nella stanza? Non ha toccato niente?>>

<<No, non ho toccato nulla. Non volevo avvicinarmi.>>

<<Se lei non ha toccato il corpo, e neanche si è avvicinata, come faceva a sapere che il signor Williams era morto?>>

Rosetta spalancò gli occhi. Janie mise le sue braccia intorno alle sue spalle per confortarla.

<<I suoi occhi, erano aperti, fissi. Santa Maria.>> Rosetta si fece il segno della croce e chinò la testa come se pregasse.

<<Poi qualcuno di voi deve aver toccato il corpo, perché gli occhi del signor Williams era chiusi quando siamo arrivati.>>

<<Io li ho chiusi>> disse Janie, sfidando il DS Bright con uno sguardo diretto. <<Questo è tutto ciò che ho

fatto.>>

<<Lei non ha toccato niente altro nella stanza?>> Lui teneva la matita poggiata sul taccuino.

<<No. Ora, ha finito con noi? La signora Summer ha bisogno di riposare.>>

<<Organizzeremo il ritiro del corpo entro questa sera. Per favore fate pressione sul signor Denaro io devo parlargli urgentemente. Ditegli di venire alla stazione di polizia appena possibile.>>

Janie non nascose il suo senso di sollievo mentre accompagnava fuori i poliziotti.

<<Sono sicuro che parleremo di nuovo presto, signora Juke>> disse il DS Bright mentre le stringeva la mano. <<Nel frattempo, per favore si ricordi che l'indagine è una questione strettamente della polizia. Ha capito cosa voglio dire?>>

<<Sì, sergente detective Bright. Ho capito perfettamente.>>

Lei raggiunse gli altri in cucina e si preparò una bevanda. Per un po', tutti sedettero in assoluto silenzio, poi Greg fu il primo a parlare.

<<Amore, noi dobbiamo proprio andare. Ho promesso a mia madre che saremmo riandati a prendere Michelle prima delle dieci e sino a che arriveremo lì saranno già passate. Jessica, possiamo prima accompagnare te e Philip a casa?>>

<<No, è tutto a posto. Andate voi due. Noi ci organizziamo con un taxi. Io voglio prima parlare con Luigi per essere sicura che è tutto a posto.>>

<<Se lo vedi, digli che la polizia ha bisogno di parlargli>> disse Janie. <<Farò su un salto per dire a

Rosetta che stiamo andando.>>

Janie bussò alla porta di Rosetta e avvicinò il suo viso alla porta. <<Rosetta, sono Janie.>>

<<Entra.>> La voce di Rosetta era tremante.

Appena entrò nella stanza Janie notò distintamente l'odore caratteristico del profumo che lei associava sempre alla sua amica italiana. Le tendine di chintz erano chiuse e l'unica luce proveniva da una piccola lampada da comodino con un delicato paralume rosa. A un lato della toletta c'era una antica cassettiera di pino, e dall'altra parte una sedia di vimini. Il letto singolo sembrava solo nel centro della stanza, con Rosetta che sembrava ancora più sola.

<<Noi stiamo andando via, ma ho pensato di fare un salto su per salutarti. È tutto sistemato, non devi preoccuparti. Sei sicura che non vuoi qualcuno che resti con te? Jessica ha detto che sarebbe contenta di fermarsi se tu preferisci che ci sia qualcuno in casa.>>

<<C'è il signor Denaro.>>

<<Sì, lo so, ma lui è un'ospite. Pensavamo che tu volessi avere un amico intorno, solo per stanotte?>>

Rosetta spostò il copriletto e si mise a sedere. Janie notò che lei era ancora vestita. <<No, starò bene. Tu devi tornare dalla tua bambina. E tuo padre, deve essere rimasto turbato con tutto questo.>>

Il caso si stava costruendo nella mente di Janie. Un morto, un possibile omicidio, e finora la persona su cui aveva più dubbi era un nuovo arrivo a Tamarisk Bay, ma non era uno sconosciuto, era un amico di sua zia. Si era comportato in modo strano per la perdita della sua valigetta, si era aggirato per la stanza di suo padre e c'era la camicia macchiata di sangue. Rosetta lo aveva visto discutere con Bertrand Williams la mattina e quella notte Bertrand era morto e Luigi non si trovava da nessuna parte.

Lei non voleva allarmare Rosetta ancora di più condividendo le sue paure. Ma c'era qualcos'altro che la tormentava. Qualcosa che Rosetta aveva detto al DS Bright.

<<Rosetta, volevo solo dire... circa il signor Williams...>>

<< Sì, grazie per aver detto quello che hai fatto.>>

<<Sei stata tu a chiudere i suoi occhi? *Era così anche per Poirot, sospettare di tutti, persino di un amico?*>>

<<Sì.>> Lei si coprì il volto con le mani. <<Lui mi ha ricordato mio marito. La visione scioccante che la vita è finita. Tutte le speranze ed i sogni scompaiono. *Pouf.* Non era il viso di qualcuno felice di incontrare il Padre Celeste.>>

Janie andò verso il letto, poggiando la mano sulla spalla di Rosetta. <<Perché non volevi dirlo alla polizia?>>

<<Loro mescolano tutto. Tu sei innocente e loro ti fanno sentire colpevole.>>

<<Tu non hai toccato o mosso niente altro?>>

Rosetta scosse la testa, le sue mani ancora coprivano il suo viso.

Janie appoggiò la mano sulla sua spalla. <<Sono sicura che tutto sembrerà più luminoso al mattino.>>

CAPITOLO 8

Sabato Mattina - Pensione Summer

Dopo una brutta notte, con le domande che le turbinavano in testa, le cose erano lontane dall'essere luminose quel mattino dopo. Rifiutando la proposta del marito di fare colazione, Janie andò subito alla pensione. Sperando di trovare Rosetta in cucina, lei bussò piano alla porta del dietro. Non avendo risposta, socchiuse la porta e chiamò, <<Rosetta, sono Janie. Sei in piedi?>> Non ricevendo ancora risposte, entrò nella cucina. Sul lavandino c'era una tazza di caffè vuota e sul tavolo un piatto con una fetta di pane tostato mangiata a metà. Rimase immobile cercando di captare qualsiasi suono o movimento. Non si sentivano rumori provenire da sopra, poi sentì i passi di qualcuno che scendeva le scale e dopo alcuni secondi entrò in cucina Luigi.

<<Buon giorno>> lui disse.

<<Non è certo un buon giorno.>>

<<Mi sono appena alzato. Caffè?>> Aprì due credenze prima di trovare le tazze e la zuccheriera <<Ci sono dei benefici a stare in una pensione gestita da italiani. Caffè vero al mattino. Pensi che si offenda se facciamo da soli?>>

Una caffettiera era sullo scolapiatti. Luigi la riempì e la mise sul gas.

<<Non ti ho visto per salutarti ieri sera>> disse Janie, guardando Luigi mentre si passava le dita tra i capelli. <<Eravamo preoccupati per te. E lo sai che la polizia ha bisogno di parlarti.>>

<<Sono rimasto nella mia stanza.>>

<<Tu non c'eri quando io ho bussato alla tua porta.>>

<<Ero uscito per una sigaretta.>> Come se la sua risposta avesse funzionato da promemoria, prese una sigaretta dal pacchetto che aveva e tirò fuori un mini accendino dalla tasca dei pantaloni. <<Non ti dispiace, vero?>>

Pochi mesi fa, anche l'odore forte del fumo di sigaretta la faceva sentir male, ora lo trovava leggermente spiacevole. <<Va bene>> lei disse, allontanandosi leggermente da lui in modo che non dovesse respirare il fumo. <<È stato un terribile shock per tutti. Ma tu conoscevi il signor Williams?>>

Luigi le lanciò uno sguardo. <<Bertie? Sì, lo conoscevo.>>

<<Così conosci la sua famiglia? Il Dr Filbert ha detto che avremo bisogno di entrare in contatto con loro. Ci sono delle cose da organizzare, un funerale e...>>

<<Io non conosco la sua famiglia.>> Fumò la sigaretta e quando fu finita la spense. Il caffè gorgogliava nella caffettiera, catturando per un momento la loro attenzione.

<<Latte?>> disse Janie, prendendo un piccolo bricco dal frigo.

<<È meglio berlo forte, caldo e nero.>>

Guardò Luigi versare il caffè. I suoi movimenti erano lenti, come se fosse ancora un po' addormentato.

<<Tu conoscevi quell'uomo e lui si presenta a Tamarisk Bay il giorno dopo del tuo arrivo. Vorrei dire che è più di una coincidenza.>>

<<È colpa di mio padre.>>

Janie aspettò che lui continuasse, mettendo lo zucchero nel suo caffè prima di prenderne un sorso.

<<Mio padre sapeva che venivo qui e così ha mandato il suo socio in affari per controllarmi.>>

<<Tuo padre e Bertie erano in affari?>>

<<No. Bertie gestisce un'impresa immobiliare in Anzio e dintorni. Affittando ville a turisti inglesi.>>

<<E l'attività di tuo padre?>>

<<Mio padre gestisce un impero commerciale di *successo*, sparso in tutta Italia.>>

Janie non si perse l'ironia nell'enfasi di Luigi sulla parola 'successo'; non c'era orgoglio nella sua voce, di fatto il contrario. Lei stava ancora cercando di capire il rapporto tra i due uomini; lei era certa che fosse importante.

<<Il signor Williams non è imparentato con te, vero?>>

<<No.>>

<<Non un buon padrino che badava a te?>> Janie pensò fugacemente a Michelle e sorrise.

<<Non c'è niente di buono in Bertie, o in mio padre.>>

<<Bene, forse è meglio che telefoni a tuo padre. Informalo di quello che è successo al suo amico. Lui sarà in grado di contattare il parente più prossimo di Bertie. Loro devono decidere se deve essere sepolto qui o altrove.>>

<<Non ho intenzione di parlare con mio padre.>>

<<Luigi, non penso che tu abbia un'altra alternativa.>>

<<C'è sempre un'altra alternativa.>>

Tornata a casa, durante una tardiva colazione, Janie raccontò la conversazione del mattino a Greg. <<Era bizzarro. Non capisco niente di tutto ciò e Luigi non era esattamente disponibile.>> Janie smise di imburrare il suo toast e si alzò in piedi.

<<Cosa c'è?>>

<<Hai sentito Michelle? Mi sembra di averla sentita. È quasi ora della sua prossima poppata. Vado su a vederla, che dici? Mi è mancata questa mattina.>>

<<Ti sei assentata a malapena per due ore. Lei è stata bravissima, una bambina d'oro. I ragazzi al lavoro non mi credono quando gli dico come è tranquilla. Ma riconosco che siamo fortunati, mia madre dice che non ha avuto una notte decente in cui ha dormito sino a quando non avevo due anni.>>

Alcuni momenti dopo, con una Michelle addormentata nelle sue braccia, Janie continuò <<Tutto quello che ho scoperto è che Bertie Williams ed il padre di Luigi si conoscevano. E Luigi suppone che suo padre ha mandato Bertie in Inghilterra per controllarlo.>>

<<Sembra strano. Luigi non è un adolescente. È come se Philip mandasse Jessica a controllarti. Stai attenta, ci sto pensando, non mi sembra una cattiva idea>> Greg la canzonò.

<<Ma seriamente. Io ho cercato di convincerlo in tutti i modi, ma lui si è rifiutato di telefonare a suo padre. Che altro possiamo fare?>>

<<Forse Philip lo può convincere. Tuo padre ha avuto un buon ascendente con molte persone. O Jessica? Dopo tutto, loro si ritengono amici, non è

vero? Forse Jessica conosce il padre di Luigi?>>

Per un momento Janie fu distratta da sua figlia, che aveva iniziato a divincolarsi. La spostò da un braccio all'altro e diede a Michelle il suo dito da tenere.

<<È così strano, Greg. Luigi arriva, poi questo Bertie Williams muore nel primo giorno che è qui.>>

<<Oh no, non farlo. Non ti azzardare a metterti il tuo cappello da Poirot. È una cosa normale, Le persone hanno degli attacchi di cuore. La vita finisce e non sempre come o dove ce l' aspettiamo. Immagino che raramente succeda. Andiamo, Michelle, fatti coccolare da tuo padre e lascia che tua madre finisca il toast.>>

<<Andrò da mio padre dopo colazione e vedrò cosa ne pensa di tutto questo.<

Poco dopo Janie entrò in casa di suo padre, alzando la carrozzina sulla soglia della porta per non svegliare sua figlia. Ma la sua attenzione fu inutile perché non aveva finito di togliersi il cappotto che Michelle iniziò a fare dei brontolii.

<<Tempismo perfetto>> disse Janie, prendendo su dalla carrozzina sua figlia ed andando in cucina dove Philip stava riempiendo il bollitore.

Senza dubbio, nella casa di Philip, che era per Janie la sua casa dell'infanzia, la cucina era la sua stanza preferita. Lei aveva così tanti ricordi di quando leggeva le storie di Poirot a suo padre, con i test che le faceva per vedere se lei sapeva indovinare il colpevole prima di arrivare alla fine del libro. Loro parlavano per ore, seduti su entrambi i lati del tavolo di cucina con Charlie che dormiva ai loro piedi.

<<Siediti, papà, allunga le braccia e ti darò tua nipote da tenere. Lei non ha avuto abbastanza coccole da suo nonno in questi ultimi giorni. Le piace provare ad afferrarti la barba.>>

<<Mi piace il suo profumo>> disse Philip, tenendo Michelle vicino al suo viso. <<È un misto di vaniglia e qualcos'altro, forse lavanda, o violetta?>>

<<Non quando il suo pannolino ha bisogno di essere cambiato, non lo è.>>

Michelle allungò un braccio, cercando di afferrare il viso di Philip. <<Ehi, devi stare attenta con la barba di tuo nonno. Devo tagliarle le unghie. Possono essere piccole, ma graffiano quando ti afferrano.>>

<<Tua madre era abituata a mordere le sue, piuttosto che usare le forbici.>>

Janie non era sicura di voler ricordare le immagini che le venivano alla mente menzionando sua madre. <<Comunque, dove è Jessica?>> lei disse.

<<È uscita per una passeggiata. Ha detto che aveva bisogno di schiarirsi le idee.>>

<<Non è il ritorno a casa che si aspettava, questo è sicuro. Quanto ti ha raccontato di Luigi?>>

<<Leggendo tra le righe penso che stia desiderando di non aver mai accettato che lui l'accompagnasse.>>

<<Perché?>>

<<Con tutto quel chiasso che ha fatto quando è scomparsa la sua valigetta, lei ha conosciuto un altro aspetto di lui che l'ha messa a disagio.>>

<<Lei pensa che lui sia poco raccomandabile?>>

<<Al momento abbiamo tutti supposizioni e congetture, non correre troppo, pensando che questo è un caso che ha bisogno di essere risolto.>>

<<Tu e Greg fate un buon duetto, lui mi ha appena detto la stessa cosa. Hai altro a cui pensare. Rosetta aveva ragione, Luigi conosceva Bertie.>>

<<Bertie?>>

<<Bertie Williams. L'uomo che è morto ieri notte. Il padre di Luigi e Bertie si conoscevano.>> Lei chiuse gli occhi mentre rimuginava sui suoi pensieri. <<Papà, c'è molto più di tutto questo, ne sono certa. Non ti voglio far preoccupare, ma la prima notte quando Luigi stava qui...>> Lei esitò, rivedendo i suoi pensieri.

<<Non hai semplicemente suggerito che si fosse trasferito fuori perché stava stretto nel ripostiglio, vero?>>

Janie sorrise. <<Non so perché penso sempre che posso avere dei segreti con te.>>

Philip diede una pacca sulla sedia perché sua figlia si sedesse accanto a lui. <<E tu vuoi sapere cosa fare e a chi raccontarlo?>> lui disse, dopo che Janie gli aveva spiegato i suoi dubbi e paure sull'amico di sua zia.

<<Sto vedendo cose che non c'erano? Una cosa è scoprire qualcuno che sta rovistando nella tua camera da letto, e un altro iniziare ad accusare di omicidio.>>

<<Tu non hai scelta, amore. Devi andare alla polizia. Raccontagli tutto quello che sai e lascia che risolvano. Nel frattempo non puoi farlo restare ancora da Rosetta. Non ce lo potremmo mai perdonare se succedesse qualche cos'altro. Vuoi che ci parli io?>>

<<Questo è stato il suggerimento di Greg. Ha detto che tu hai un talento. Penso che volesse dire che io non ce l'ho.>>

Philip sorrise. <<Lasciami dire che tu puoi essere

un po' invadente, a volte, troppo entusiasta.>>

Janie si allungò e prese sua figlia dalle braccia di Philip. <<Andiamo, Michelle, sappiamo quando ci stanno rimproverando. Ma guarda qui, lei non vuole lasciarti>> disse Janie, togliendo le mani di sua figlia dal viso di Philip.

<<Sebbene è il tuo entusiasmo che ti rende così speciale. Indomabile, direi. << Philip sorrise. <<Ma questa volta potresti fare due più due ed ottenere cinque o sei.>>

<<Spero che tu abbia ragione papà. Povera Jessica, se risulterà che Luigi è veramente un brutto ceffo, bene, lei sarà disperata. Si sentirà colpevole di averlo portato qui a Tamarisk Bay, nella nostra casa.>>

Janie prese un respiro profondo, prima di continuare. <<Papà, c'è qualcos'altro. Non ti arrabbiare con me, ma tu non pensi che Jessica sappia più cose su Luigi di quelle che abbia detto?<>

<<Non ho intenzione di risponderti su questo. Tu ti stai scordando tutto quello che sai di tua zia. Ti stai scordando la cosa più importante sulla quale fanno affidamento tutti i buoni investigatori. Il tuo istinto. Ti devi fidare di loro, principessa. Dobbiamo scoprire il più possibile su Luigi, così possiamo basare la nostra conoscenza sui fatti. Tutto il tuo allenamento con Poirot dovrebbe averti insegnato questo.>>

<<Tu parli come il DS Bright>> disse Janie, sospirando.

<<Spero di no.>>

CAPITOLO 9

Sabato Mattina - Stazione di polizia di Tidehaven

Frank Bright soffocò uno sbadiglio mentre si allontanava dall'agente di turno. Le ultime settimane erano state difficili per sua moglie Nikki, mentre cercava di affrontare l'impatto della responsabilità di due gemelli. Erano passati due mesi e non c'era ancora verso di stabilire una routine giornaliera. Luke aveva un problema nell'alimentazione ed era sempre più difficoltoso regolarizzarlo. Dato che i bambini ancora dormivano nella stessa culla, quando si svegliava Luke, si svegliava anche Tom. Era un incessante circolo vizioso. Per quanto sua moglie lo rassicurava che riusciva a gestire la situazione, le occhiaie intorno ai suoi occhi gli raccontavano una storia differente.

Lui guardò il telefono, alzò la cornetta e la riposò di nuovo. Tutte le mattine telefonava alla moglie per sapere se tutto andava bene, ma questa mattina doveva preparare le domande per l'interrogatorio di Luigi Denaro. Il sergente di turno lo aveva informato che il signor Denaro si era presentato un po' dopo le nove. Lui lo aveva fatto entrare nella sala interrogatori e gli aveva chiesto di attendere. Erano passati venti minuti e immaginò che l'italiano si sarebbe agitato. Agitato potrebbe tornare utile, vuol dire che le emozioni non erano attentamente controllate. Una volta perso il controllo, spesso emerge la verità. Almeno era questa l'esperienza che si era fatta Frank nei diversi casi di crimini con i quali aveva avuto a che fare. Ma questo era uno strano caso.

Stranieri arrivano in città e poi c'è una morte inspiegabile. Naturalmente, poteva essere una causa naturale, ma sino a quando non arrivavano i risultati dell'autopsia non poteva prendere nessuna decisione.

Si accese una sigaretta, assaporando il momentaneo sollievo che gli dava. Da quando erano nati i gemelli Nikki gli aveva chiesto di non fumare in casa. Lei si era messa in testa che poteva far male ai bambini. Qualcosa che aveva a che fare con un articolo che lei aveva letto, o qualche avvertimento medico in TV. Non gli importava di assecondare la sua richiesta, non stava chiedendo molto, ma la sua vita professionale era fondata sull'idea che nulla è stato dimostrato sino a quando non ci sono prove concrete. Forse erano state fatte abbastanza ricerche là fuori per dimostrarlo, ma sino a che non lo leggeva con i propri occhi non avrebbe cambiato idea.

Diede un'altra occhiata alla lista delle domande che aveva buttato giù, finì la sigaretta e andò nella stanza degli interrogatori. Guardando attraverso il vetro della porta, vide Luigi Denaro camminare su e giù per la stanza. Appena Frank aprì la porta Luigi si fermò e si voltò verso di lui.

<<Lei mi ha fatto aspettare molto a lungo.>>

<<Buongiorno. Sono il sergente detective Frank Bright.>>

<<Non avevo in programma di passare l'intera mattinata qui alla stazione di polizia.>>

<<Lei è un uomo impegnato, signore?>>

Luigi guardò il detective, cercando di capire se la sua osservazione fosse autentica o sarcastica.

<<Grazie per essere venuto>> continuò Frank.

<<Janie mi ha detto che lei ha chiesto di vedermi. Non capisco perché>> disse Luigi.

<<Janie? Ah, sì, la signora Juke.>>

Frank non riusciva a decidere se il coinvolgimento di Janie Juke in questo caso fosse d'aiuto o un intralcio. A volte era come una scheggia che non riusciva a togliere, ma doveva ammettere che a volte si era rivelata utile.

<<Lei attualmente sta soggiornando alla Pensione Summer, è corretto?>>

<<Sì.>>

<<Come è arrivato a stare in questa pensione in particolare?>>

<<Mi occorreva una stanza, lì ce ne era una libera. Non capisco perché mi sta chiedendo questa cosa.>>

<<Quale è la sua parentela con la signora Summer?>>

Luigi aggrottò la fronte e attese.

<<La padrona di casa della pensione dove lei attualmente risiede>> continuò Frank.

<<Non ho una parentela con la signora Summer. Io sono un cliente pagante, questo è tutto.>>

<<Ma voi siete entrambi italiani?>>

<<Ci sono molti italiani qui in Inghilterra, ma non sono imparentati tra di loro. Comunque, io sono per metà anche inglese.>> Luigi non cercò di mascherare la sua irritazione.

<<Passiamo agli eventi di ieri. Lei era stato invitato

ad unirsi alla signora Summer ed ai suoi amici per una cena.>>

<<Sì.>>

<<A che ora li ha raggiunti?>>

<<Non capisco cosa vuol dire.>>

<<Signor Denaro, capisco che l'inglese non sia la sua madre lingua, ma sembra che lei lo conosca in modo fluente. Così non riesco a vedere cosa è che lei non ha capito di questa domanda. È molto semplice. A che ora ha raggiunto gli altri al tavolo della cena?>>

<<Io non ci sono andato.>>

<<Non lo ha fatto?>>

<<No.>>

<<E perché non è andato.>>

<<Stavo nella mia camera, riposando.>>

<<Riposando?>>

<<Sì, avevo mal di testa.>>

<<Ah, capisco.>>

Frank prese il pacchetto di sigarette dalla tasca della giacca e ne offrì una a Luigi, che la prese, l'accese e fece una lunga tirata.

<<Così, ricapitolando>> il DS Bright continuò <<lei era stato invitato per una cena, ma lei ha rifiutato perché aveva mal di testa?>>

<<No. Io stavo per raggiungerli, ma poi c'è stato l'incidente.>>

<<E quale incidente sarebbe?>>

<<Lei ne sa abbastanza dell'incidente. È la ragione per la quale mi ha chiesto di venire qui, vero?>>

<<Si sta riferendo alla morte del signor Williams?>>

<<Sì.>>

Luigi si asciugò il sudore dalla fronte e posò le

mani sul tavolo di fronte a lui. <<Io non ho fatto nulla
di sbagliato.>>

<<Signor Denaro, mi lasci spiegare. Le ho chiesto di
venire qui oggi per accertare i fatti. Non so come
funzionano le leggi in Italia, ma lei deve capire che qui
in Inghilterra io potrei arrestarla per reticenza.>>

<<Io non sto nascondendo nulla.>>

Frank notò una goccia di sudore scorrere lungo la
fronte di Luigi, ma questa volta l'italiano non si era
mosso per toglierla. Invece le sue mani rimasero sul
tavolo, ma ora i suoi pugni erano serrati.

<<Mi parli dei suoi rapporti con il signor
Williams.>>

<<Cosa le ha detto Janie?>>

<<La signora Juke non mi ha detto nulla. Perché,
che cosa sa lei?>> Frank toccò così con forza il tavolo
con la matita che la punta si ruppe. Lui si alzò andò al
bidone della spazzatura di plastica che era
nell'angolo della stanza e vi buttò dentro la matita.
Poi ritornò al tavolo, prese un'altra matita dalla tasca
della giacca e si sedette di nuovo.

<<Il signor Williams conosce mio padre. O meglio
conosceva mio padre.>>

<<Capisco. Così, il signor Williams è un amico di
famiglia?>>

<<No, non ho detto questo. Lui conosce mio padre.
È un rapporto d'affari, questo è tutto.>>

<<Lei sapeva che il signor Williams stava venendo
a Tamarisk Bay?>>

<<No.>>

<<Così, lei fu sorpreso di vederlo?>>

<<Sì.>>

93

<<E che conversazione avete avuto voi due il giorno che lui è morto?>>

<<Nessuna.>>

<<Lo trovo difficile da credere. C'è un uomo che lei ha conosciuto tramite gli affari di suo padre. Lui si presenta a Tamarisk Bay, il giorno dopo del suo arrivo, e non vi siete parlati? Le voglio ricordare ancora, signor Denaro, che mentire a un ufficiale di polizia è reato grave.>>

Luigi si alzò, spinse la sedia così violentemente che cadde in terra.

<<Si moderi, signor Denaro>> disse il detective.

<<È questo il modo in cui trattate i visitatori in questa città?>> Luigi raccolse la sedia e l'accostò al tavolo. <<Sono un sospettato? C'è stato un crimine? Se no, allora vorrei andarmene ora. Le ho dedicato già abbastanza del mio tempo.>>

<<Naturalmente, lei è libero di andarsene. Solo un'altra domanda prima che vada.>>

Luigi andò verso la porta, fermandosi con la mano sulla maniglia, ma rivolto di spalle al detective.

<<Ho sentito che durante il suo viaggio per venire qui dall'Italia è scomparso un bagaglio.>>

<<Sì, la mia valigetta, è stata rubata.>> Luigi si girò verso Frank Bright. <<Avete novità su questo? È stata ritrovata?>>

<<Mi descriva la valigetta.>>

<<Pelle italiana, due tasche sul davanti, un manico. Era una valigetta, non so cosa possa dire di più.>>

<<Le faremo sapere se riappare. Nel frattempo, vorrei che lei rimanesse a Tamarisk Bay. In caso servisse di interrogarla nuovamente.>>

Frank Bright parlò all'agente di turno mentre ritornava nel suo ufficio. <<Dove è Roberts?>>

<<Fuori con la macchina della polizia, signore.>>

<<Digli che ho bisogno di vederlo appena ritorna. Sembra che dobbiamo fare un'altra visita alla *Pensione Summer.*>>

CAPITOLO 10

Sabato pomeriggio - Pensione Summer

Più tardi, quel giorno Rosetta accolse Janie in modo brusco. Ritornando alla pensione, Janie suonò il campanello alla porta principale, poi bussò con il battente.

<<Sì, sì, sto arrivando.>> L'accento particolare di Rosetta era inimitabile ed appena la porta si aprì rivelò la padrona di casa con il viso arrossato e teso.

<<Janie. Cosa vuoi?>>

<<Non voglio nulla. Ho fatto solo un salto per vedere se stavi bene.>> Prese Michelle dalla carrozzina e la porse a Rosetta. <<Pensavo che una distrazione potesse aiutarti, tu hai passato ventiquattro ore difficili. E questo è Barnaby, il suo orsetto preferito. Le piace masticargli le orecchie.>>

Rosetta passò le sue dita sul viso di Michelle ricambiata da un piccolo gorgoglio. <<Così morbida, la pelle della tua bambina è così perfetta.>>

<<Sono stata qui questa mattina, ma tu dovevi essere ancora nella tua stanza. Ero preoccupata per te.>>

Andarono in cucina dove Rosetta restò in piedi guardando fuori dalla finestra, il suo viso lontano da Janie.

<<Ventiquattro ore difficili. Sì, hai ragione.>>

Per un po' l'unico rumore che si sentiva era un dolce verso come di una colomba che tubava proveniente da Michelle, e la cosa fece ricordare a Janie di una colomba con il collare che quando era piccola lei cercava insistentemente di liberare. La piccola colomba era caduta dal nido e Janie aveva persuaso suo padre e Jessica a lasciargliela fino a che non fosse stata abbastanza forte per volare via. Il giorno che volò via, lei stette tutto il giorno alla finestra, sperando che tornasse.

<<Sarebbe bello ritornare bambini>> disse Rosetta, spostandosi dalla finestra e chinandosi a dare un bacio in fronte alla bambina. <<Loro hanno il cibo e l'amore, non vogliono altro.>>

<<Capisco cosa vuoi dire. Essere adulti a volte non è molto divertente. Ma in fine non abbiamo scelta.>>

<<Ora tu prendi decisioni per Michelle, ma quando sarà grande deciderà da sola e tu dovrai solo stare a guardare alcune volte le sue scelte sbagliate.>>

Rosetta chinò il capo e si allontanò da Janie.

<<Quello che è successo al signor Williams è molto brutto, anche di più, è stato un terribile shock. Ma c'è qualche cos'altro che ti turba, vero? Ne vuoi parlare?>>

<<Io ho lasciato mia madre, tutta la mia famiglia, per venire in Inghilterra.>>

Janie andò verso Rosetta e le mise la mano sul braccio.

<<Ma tu eri innamorata, hai seguito qui tuo marito.>>

<<E poi lui è morto e io sono qui, da sola.>> Rosetta si asciugò le mani lungo il suo vestito, come se stesse cercando di spazzare via la malinconia che la opprimeva. <<Non fare caso a me. Sto bene. Voglio cantare una canzone alla tua bambina, una che mi cantava sempre mia madre.>>

<<Vi posso lasciare per un momento faccio un salto su per vedere se c'è Luigi?>> Quando era in stato interessante i movimenti di Michelle erano una bella sensazione, ma lo svolazzare nel suo stomaco ora era tutt'altro che benvenuto. Tuttavia, si schiarì la voce. <<Sto cercando di convincerlo a telefonare a suo padre. Serve qualcuno che dia la cattiva notizia alla famiglia del signor Williams.>>

Una volta su bussò alla porta di Luigi. <<Sono io, Janie. Posso entrare?>> Sentendo un grugnito dall'interno della stanza lei aprì la porta, trovando Luigi steso sul suo letto, con i piedi sospesi in fondo al letto e la testa appoggiata sulle mani.

<<Hai voglia di parlare? Solo per alcuni minuti? Ho lasciato Michelle con Rosetta, ma da un momento all'altro può reclamare la sua poppata.>> Entrò nella stanza, aspettando che lui l'accogliesse. <<Mi siedo qui, va bene?>> disse, mettendo una sedia vicino alla finestra.

<<Non ti dimenticare che la polizia ti vuole parlare.>>

<<Sono stato da loro, questa mattina.>>

<<Sono abbastanza sicura che stanno facendo solo degli accertamenti, ma cosa succederà con il signor Williams che muore improvvisamente e tu lo conoscevi...>>

<<Hai detto alla polizia che lo conoscevo?>>

<<Deve averlo detto Rosetta. Non è un segreto, non pensi? Immagino che vorrai aiutare la polizia se potrai.>> Lei studiò la sua espressione. Era questo il volto di un assassino? Poirot le aveva insegnato a non ignorare l'ovvio. Non erano molti gli assassini che

conoscevano le loro vittime?

<<Aiutarli in che modo? Bertie ha avuto un infarto. Non capisco perché è coinvolta la polizia.>>

Janie scivolò sulla sua sedia, guardando fuori dalla finestra, riflettendo mentalmente sulle sue parole prima di rispondere. <<La cosa è, Luigi, lo sai che sono venuta a cercarti la notte che è morto Bertie.>> Lei continuò, senza aspettare la sua risposta. <<Io entrai nella tua stanza e trovai qualcosa.>>

<<Non ti sei fatta problemi ad impicciarti delle mie cose.>>

<<Non mi sono impicciata. Stavo cercandoti, invece ho trovato qualcosa che non vorrei aver visto.>>

Il viso di Luigi era inespressivo. Sbattè a malapena le palpebre e per un momento Janie si ricordò di un modello di cera che aveva visto in una gita scolastica da Madame Tussauds, senza vita, senza emozione.

<<Non interferire in cose che non conosci>> lui disse.

<<Dimmi allora e io cancellerò l'incidente dalla mia mente. Io ho trovato una tua camicia, macchiata di sangue.>>

<<Mi sono tagliato radendomi.>>

<<La camicia era infilata sotto al letto, come se qualcuno volesse nasconderla.>>

<<Io non ho nulla da nascondere. Se la camicia era sotto al letto devo avercela buttata>>

In uno dei casi in cui Janie aveva lavorato aveva scoperto che gli eventi del passato contenevano indizi sui misteri del presente. Un sopralluogo nel posto dove era morto Joel l'aveva aiutata durante la ricerca di Zara. Poi, quando lavorava per il signor

Hugh Furness, tutto quello che le occorreva per risolvere il caso venne nella ricerca di eventi che avevano avuto luogo anni prima. Forse la stessa cosa avrebbe funzionato ora, se questo si fosse rivelato un caso che necessitava di una soluzione.

<<Hai avuto più notizie della tua valigetta persa?>>

<<Valigetta rubata.>> Non fece alcun tentativo di mascherare la rabbia nella sua voce. <<Non ancora. So che ti piace indagare sui misteri, ma ti puoi scordare di questo. Non ci sono misteri qui.>>

Di sotto, Rosetta aprì la porta principale quando suonarono, trovando sui gradini l'agente Roberts.

<<Non ho niente altro da dirvi, per favore vada via.>> Rosetta stava per richiudere la porta, ma il poliziotto la tenne aperta con il suo stivale.

<<Lei deve farmi entrare, signora Summer. C'è qualcosa che devo prendere dalla stanza del signor Williams.>>

<<Che cosa? Lo dica a me gliela prenderò.>>

<<Mi spiace, signora, ma questa è un'indagine di polizia. È importante che lei ci lasci agire come riteniamo più opportuno>>

<<Lei deve avere un mandato. Per fare una perquisizione. Lo so, l'ho visto in televisione. Ritorni con un mandato.>>

<<Signora Summer, non sto facendo una perquisizione della sua casa. Sono qui per prendere qualcosa che abbiamo visto quando eravamo qui ieri.>>

Rosetta sospirò, indietreggiò e guardò il poliziotto che la oltrepassava.

<<Lei conosce la stanza. Io non vengo con lei. Prenda quello che vuole e dopo per favore se ne vada.>>

L'agente Roberts andò alla stanza numero tre, eseguì le istruzioni del suo capo e ritornò nel corridoio trovando Rosetta ancora vicino alla porta pronta per mostrargli l'uscita. Nelle sue mani aveva una valigetta di pelle.

<<La valigetta del signor Denaro, voi l'avete trovata>> lei disse, allungando le sue mani come se volesse prendergliela. <<Aspetti. Lui è qui con Janie. Lo vado a chiamare, sarà così contento.>>

L'agente Roberts alzò la mano, con l'intento di dissuadere Rosetta dal muoversi. <<No, signora. Ma per favore dica al signor Denaro di venire alla stazione di polizia questo pomeriggio. Vorremmo interrogarlo ulteriormente.>>

<<Voi con le vostre domande>> disse, scuotendo il pugno dietro al poliziotto mentre si allontanava.

Assicurandosi che Michelle fosse soddisfatta ed occupata con il suo orso favorito Barnaby, Rosetta andò su alla camera numero due per dare a Luigi la notizia della sua valigetta. Lei si aspettava almeno un sorriso. Invece lui la spinse da parte senza dire neanche una parola. Lo seguirono lungo il corridoio sino a che non si fermarono tutti davanti alla stanza numero tre.

<<Luigi, tu non dovresti entrare lì. Inquinerai la scena e ti metterà nei guai.>>

Ignorando l'avvertimento di Janie, Luigi spinse ed aprì la porta. Rosetta e Janie stavano sul pianerottolo guardandolo mentre apriva tutti i cassetti del settimino, rovistandoli, non preoccupandosi del disordine che si stava lasciando alle spalle. Quindi andò all'armadio.

<<Non penso che tu dovresti fare questo>> disse Janie sentendosi di minuto in minuto più ansiosa.

<<Non capisco nulla.>> Rosetta mise la mano sulla spalla di Janie. <<Perché sta guardando? La polizia ha la sua valigetta. Perché non è contento?>>

<<Vuole scoprire perché fosse nella stanza di Bertie>> Janie sussurrò, sentendosi come una cospiratrice.

Guardarono mentre Luigi tirava fuori due vestiti con le stampelle e li buttava sul letto. Mise la mano in entrambe le tasche dei pantaloni e tirò fuori un paio di biglietti dell'autobus, che lui buttò in terra. Continuando la sua ricerca, infilò la mano in una tasca esterna della giacca e tirò fuori ancora biglietti, ma questa volta non erano dell'autobus. I biglietti erano piegati, li aprì, appiattendoli con la mano.

<<Ecco, lo sapevo.>> Lui porse i biglietti a Janie, che li guardò ed aspettò per una spiegazione.

<<Lui era sul nostro treno. Lo sapevo che era lui, non me lo ero immaginato. Io l'ho visto e lui ha visto me. E poi ha rubato la mia valigetta.>>

Le due donne si guardarono e quindi Rosetta scrollò le spalle. <<Non capisco nulla, vado giù dalla tua bambina, lei sta piangendo per il suo latte.>>

Il pianto di Michelle non era sfuggito alle orecchie di Janie, ma sapeva che mancava ancora una mezz'ora alla prossima poppata.

<<Scenderò tra un minuto>> lei urlò a Rosetta, che era già a metà strada sulle scale. Poi girandosi verso

Luigi, disse <<Pensaci, Luigi. Non c'è una ragione per la quale Bertie avrebbe dovuto rubarti la tua valigetta. Non ha alcun senso. Come avrebbe potuto sapere in quale scompartimento eri?>>

Senza rispondere, Luigi passò sfiorando Janie.

<<Stai andando alla stazione di polizia, verrò con te>> disse, seguendolo giù per le scale. Ma nel tempo che lei mise Michelle nella carrozzina, sentì la porta chiudersi. Luigi era andato via.

Frank Bright chiese all'agente Roberts di condurre Luigi nella stanza degli interrogatori.

<<Voi avete la mia valigetta>> disse Luigi, non appena entrò il detective. <<La vorrei indietro.>>

<<Ogni cosa a suo tempo. Prima di tutto, vorrei sapere perché il signor Williams aveva la sua valigetta.>>

<<Vuole che conosca cosa aveva in mente un uomo morto? Ma so che era sul mio stesso treno, il treno dove mi è stata rubata la valigetta.>>

<<Cosa glielo fa pensare?>>

<<Mi era sembrato di averlo visto sul treno ed ora ne ho la prova.>> Luigi tirò fuori dalla tasca della sua giacca i biglietti e li allisciò sul tavolo verso il detective.

<<Dove li ha presi questi?>> chiese il detective.

<<Dalla giacca di Bertie.>>

<<Lei sta passando su un ghiaccio molto sottile, signor Denaro. Lei mi sta dando più di una ragione per fare di lei il mio sospettato numero uno.>>

<<Per avere un sospettato, avete bisogno di un crimine.>>

<<Vedremo al riguardo. È sicuro che non c'è niente altro che lei voglia raccontarmi di quella notte in cui è morto il signor Williams?>>

Ognuno dei due uomini manteneva la propria posizione, ciascuno cercando di superare l'altro in astuzia.

<<Non ho niente altro da raccontarle.>>

<<Vorrei avere il suo passaporto, signor Denaro.>>

<<Non ho intenzione di andare da nessuna parte.>>

<<In questo caso non ne avrà bisogno.>> Frank allungò la mano e attese alcuni momenti prima che Luigi mettesse lentamente la mano in tasca alla sua giacca e tirasse fuori il suo passaporto.

<<Ecco>> disse, sbattendolo nella mano del detective.

<<Potremmo aver bisogno di parlarle ancora, ma per il momento è libero di andare.>>

<<La mia valigetta, per favore.>> Luigi sosteneva lo sguardo fisso del detective; era come se fossero due bambini che si sfidavano a vicenda in una rissa da campo.

L'agente Roberts era stato in silenzio dietro Frank Bright. Ora il detective gli fece un cenno e lui uscì dalla stanza interrogatori. Alcuni momenti dopo, ritornò con una grossa borsa di plastica.

Luigi si alzò, tendendo le mani per ricevere i suoi effetti personali. L'agente Roberts tirò fuori la valigetta e la mise sul tavolo davanti al detective.

<<La sua valigetta, signor Denaro>> disse Frank, osservando la reazione di Luigi.

La risposta di Luigi era evidente dal suo atteggiamento. Lasciò cadere le mani sui fianchi e le sue spalle si piegarono in avanti. <<Non è mia>> disse. Era come se avesse perso tutto da capo.

CAPITOLO 11

Domenica di Pasqua - Tamarisk Bay

La pace nella chiesa di Sant'Agostino era per Rosetta meglio di qualsiasi trattamento. Situata proprio alle spalle dei giardini di Tensing, la chiesa del diciannovesimo secolo era circondata da un cimitero ben curato. Il viale che portava all'entrata era costeggiato con rododendri e azalee, che dovevano ancora fiorire.

Spesso, quando Rosetta aveva un pomeriggio libero, andava lì e si sedeva in uno dei banchi. Non c'era nulla di opprimente nel silenzio. Invece, era come se lei potesse sfogarsi. Le piaceva scorrere la mano lungo i vecchi banchi di quercia, che erano morbidi e logori. Prima di ogni festa religiosa i volontari offrivano il loro tempo per strofinare la cera d'api nelle travi, riempiendo la chiesa con il profumo di miele ed incenso.

Rosetta, nelle sue visite abituali, dopo alcuni momenti di preghiera, camminava lungo la chiesa, dando uno sguardo ad ogni Stazione della Croce e si chiedeva come un uomo, sebbene un santo, sia stato in grado di sopportare tanto dolore. Quando arrivava al piccolo tavolo di quercia accanto alla porta d'ingresso, lei accendeva le candele, una per ciascuno, una per la madre una per il padre e una per suo marito.

Oggi avrebbe dovuto condividere la chiesa per un'affollata domenica di congregazione Pasquale, molti che non entrano mai in chiesa settimana dopo settimana. Improvvisamente si ricorderanno della loro fede cattolica e sfileranno con orgoglio davanti ai loro vicini, con i loro migliori cappotti e cappelli.

Lei arrivò in chiesa più tardi del solito, poggiò la mano nell'acqua santa vicino all'entrata facendosi il segno della croce, poi portò il suo dito alle labbra. Questo era un rituale che ripeteva sin da piccola, copiando tutto ciò che faceva sua madre, affascinata dal mistero della Santa Trinità; Il Padre, il Figlio e lo Spirito Santo, tre spiriti in uno.

Lei fu contenta di trovare posto in un banco nel fondo. Incrociò lo sguardo di un paio di donne che riconobbe come appartenenti al gruppo di incontri delle madri cattoliche. Lei lo aveva frequentato solo due volte, ma non essendo una madre e visto che lei era la sola italiana, si sentiva fuori posto, nonostante l'accoglienza che le avevano mostrato.

L'organo iniziò a suonare e lei si alzò, pronta a cantare il primo inno. Era strano per lei cantare con le parole in inglese, sebbene fossero passati tanti anni. Da quando aveva lasciato la sua città natale in Puglia, non passava un giorno in cui non pensasse alla famiglia e gli amici che erano rimasti lì. Aveva incontrato suo marito verso la fine della guerra, lo aveva sposato subito dopo e non aveva esitato neanche un po' nel seguirlo in Inghilterra. Erano trascorsi cinque anni prima che riuscissero a risparmiare i soldi per ritornare a visitare la famiglia e durante quegli anni suo padre era morto.

Jack era stato un buon marito. Fu fortunato a trovare lavoro dopo la guerra. Tanti soldati tornati e così tanti altri ancora che non torneranno più. Lui lavorava tante ore in una industria. Odiava l'odore che portava a casa ogni sera, sostanze chimiche che si insinuavano nei suoi vestiti, nella sua pelle. Lei era certa che quel posto contribuì alla sua malattia e la conseguente morte, anche se le autorità non erano d'accordo con lei. *Non c'è nessun collegamento*, le avevano detto. Ma ogni volta che ci pensava, il che succedeva spesso, avrebbe voluto gridare ed urlare. Qualcuno doveva essere punito, qualcuno doveva essere incolpato.

Ora la messa procedeva e guardò i bambini che andavano all'altare per prendere la Santa Comunione. Era una tradizione, in questa chiesa, che i bambini andassero per primi, poi gli anziani, che si muovevano lentamente, spesso appoggiati al braccio di un figlio o una figlia. Seguì il resto della congregazione, poiché la chiesa era piena, il tutto durò venti minuti. C'era tempo per pregare e fare una riflessione silenziosa, prima che arrivasse il suo turno di andare all'altare per ricevere l'ostia.

Oggi lei doveva pregare più del solito. C'erano così tanti pensieri e preoccupazioni contrastanti che le attraversavano la testa che era felice di avere la possibilità di chiudere gli occhi, di svuotare la mente, almeno per un po'. Nelle ultime due notti non era riuscita a dormire. Nelle prime ore della domenica mattina era scesa di sotto per sedersi per un po' accanto alla finestra della cucina, fissando il nero della notte.

La morte di un suo ospite e poi l'arrivo alla sua porta della polizia l'avevano riempita di terrore. Quando avevano finito di interrogarla, era come se fosse passata attraverso una tortura, le sue emozioni si allungavano e si appiattivano. Loro avevano toccato e ispezionato in giro nella stanza, scattando delle fotografie. L'intera faccenda la faceva sentire violata, come se la sua casa fosse stata contaminata da sporchi segreti.

La messa era finita. Le persone le passavano vicino. Lei si spostò da un lato nel banco per permettere ad una coppia di uscire. Aveva a disposizione quasi una mezz'ora prima di dover prendere l'autobus per andare a Tidehaven, a trovare i suoceri. Tra pochi minuti avrebbe avuto ancora tutta la chiesa per lei.

Quando furono usciti tutti andò verso il piccolo tavolo di quercia. Rimosse la cera che si era raccolta intorno alla base delle candele, poi prese un lumino. Una volta acceso, estrasse le candele dalla scatola di metallo che si trovava su una sedia vicina, facendo cadere alcune monete nel piatto che era lì accanto. Dopo aver acceso ogni candela disse una preghiera in silenzio. Uno, due, tre... lei esitò, quindi prese dalla scatola una quarta candela. E mentre la fiamma di questa ultima candela balenava, lei disse una fervente preghiera perché tutto andasse bene.

L'usanza Pasquale nella famiglia Chandler era una colazione cucinata, seguita da uno scambio di uova di Pasqua. Nell'ultimo paio di anni Greg era stato contento di passare la mattina della Domenica di Pasqua a casa di Philip, dove dopo una oziosa colazione, sarebbe seguito il tradizionale arrosto. Janie in cambio, andava a trovare i suoceri, Nell e

Jimmy Juke, per il tè del pomeriggio. Quest'anno, con tutti che volevano godersi la bambina, si erano organizzati a seguire lo stesso programma.

Quando Janie e Greg arrivarono da Philip, Jessica aveva già preparato un'allettante colazione. Appena entrarono li accolse l'odore ed il rumore del bacon sfrigolante. Michelle, prima dell'ora della sua poppata, fu passata da uno all'altro come un piccolo pacco rosa. Poi Jessica si sedette con lei accoccolata nelle sue braccia, mentre Janie prendeva possesso della cucina.

<<Questo mi riporta indietro, mi ricorda il mattino di una Domenica di Pasqua quando tu eri solo una bambina>> disse Jessica, sorridendo a Janie.

<<Quanti anni potevi avere?>>

<<Oh, io ero una goffa adolescente, ma tua madre era più che felice di mollarti. Particolarmente quando era ora del cambio pannolino.>> Jessica fece l'occhiolino, prima di notare che Philip aveva cambiato espressione.<< Scusa, Phil, sono stata sconsiderata.>>

<<No, va bene.>>

<<Mamma ha fatto le sue scelte tanto tempo fa. Solo è stato un peccato che non ci avesse inclusi, eh, papà?>> Janie mise la mano sulla spalla di Philip dandogli una stretta. <<Ed ora si sta perdendo la sua prima nipote.>>

<<Cambiamo argomento, va bene?>> interruppe Greg.

<<Sì, il cibo ci sta chiamando>> Philip e Charlie andarono nella sala da pranzo.<< Avete lasciato un posto per Luigi?>>

<<Aveva un invito aperto. Pensavo che sarebbe stato qui a quest'ora.>> C'era una nota di irritazione nella voce di Jessica.

<<Forse è andato a messa con Rosetta?>>

<<Non aspettiamo, ce ne è molto per lui quando o se si presenta>> disse Philip.

Una volta finita la colazione mentre Jessica era salita per prendere alcuni regali di Pasqua, suonarono al campanello.

<<Sei giusto in tempo per la cioccolata, ma troppo tardi per qualcosa di salato>> Janie scherzò quando Luigi entro nella sala da pranzo.

<<Sono stato trattenuto.>> Il suo viso era scuro poteva essere uno stato di stanchezza, o avrebbe potuto essere qualcos'altro. Ogni volta che Janie osservava la sua espressione provava ad immaginare cosa potesse indurre un uomo a togliere la vita ad un altro. Un simile traumatico evento potrebbe rimanere inciso sul volto del criminale, sarebbe lì dietro ai suoi occhi, nelle sue occhiate di sbieco? Lei scosse la testa per scacciare i brutti pensieri.

<<Lasciamo i piatti da fare a papà e Jessica. Tu ed io potremmo portare Michelle a fare una passeggiata. È ora che ti mostri alcuni dei punti salienti di Tamarisk Bay>> disse Janie. <<Andiamo a vedere il *Bottle Alley*. A pensarci bene, Michelle non lo ha ancora visto. Agguanta la tua giacca poi dammi una mano con la carrozzina.>>

Lei stava portando fuori la sua preziosa bambina con un uomo che poteva avere l'oscurità nel cuore. Ma suo padre le aveva detto di fidarsi del suo istinto.

Sino ad ora il suo istinto le aveva detto che Luigi aveva segreti da nascondere, ma questi segreti non avevano niente a che fare con l'omicidio.

Luigi seguì Janie e una volta che furono in strada, camminarono uno accanto all'altro in silenzio per un po'. Quando raggiunsero il lungomare, Janie indicò il sottopassaggio. <<È lì che siamo diretti. Penso che il vialetto risalga agli anni Trenta. Devi usare la tua immaginazione per figurartelo come era appena fatto. Originariamente, c'erano da questa parte tutte finestre per proteggere le persone dagli schizzi del mare, ma guarda le pareti, sono coperte da milioni di pezzi di vetri colorati. Ingegnoso, eh?>>

Luigi diede una rapida occhiata alle pareti di cemento, costellate di frammenti di ogni colore. Nonostante il sottopassaggio costeggiasse la spiaggia, l'aria era stagnante, come se gli odori di alghe e pesci morti entrassero col il vento e non riuscissero più ad andare via. Arrivarono ad una panchina in pietra libera e Janie si sedette, indicando lo spazio accanto a lei disse <<Fermiamoci per un po'.>>

Luigi si sedette accanto a lei, dando dei calci a della spazzatura che era accanto al sedile. Poi tirò fuori le sigarette e ne accese una. <<La polizia mi ha preso il passaporto.>>

<<Ti hanno detto perché?>>

<<Pensano che io sia colpevole o qualcosa del genere. Lo pensi anche tu, vero? Ora guardò su, fissando Janie in viso in un modo che la fece sentire a disagio.

<<Non stavo cercando di accusarti ieri>> lei disse. <<Sto solo cercando di capire.>>

<<Non è una storia facile da spiegare.>>

<<Lo so che padri e figli non vanno sempre d'accordo. Io sono fortunata con mio padre, è tutto liscio con lui.>>

Janie aveva messo la carrozzina alla sua destra. Non essendo più cullata dal movimento, Michelle iniziò a piangere e lamentarsi. Janie prese l'orso Barnaby da sotto la carrozzina e lo mise accanto alla bambina, che immediatamente cercò di afferrarne l'orecchio e portarlo alla bocca per masticarlo.

<<Se tu non vuoi parlare con tuo padre, che ne pensi di chiamare tua madre? Forse lei potrebbe fare da intermediaria? Qualcuno deve contattare la famiglia del signor Williams.>>

Janie aspettò che lui rispondesse. Lo guardò stringere le mani a pugno, come se stesse cercando di trarne la forza per parlare.

<<Mia madre è morta>> disse. Le sue parole erano come blocchi di piombo.

<<Mi dispiace tanto, Luigi>> disse Janie. Qualsiasi cosa pensasse di dire in quel momento sembrava superficiale, qualsiasi domanda irriverente. Oscillò la carrozzina avanti e dietro, concedendosi tempo e spazio per assimilare le sue parole.

Lui finì la sua sigaretta, quindi si alzò in piedi, il suo improvviso movimento la fece voltare. Lui andò verso l'altro lato del sottopassaggio, allontanandosi da lei per guardare il mare. Lei sapeva che la sua prossima domanda poteva rimanere senza risposta, che se avesse detto la cosa sbagliata lui si sarebbe chiuso e non avrebbe detto più niente.

<<È morta quando eri molto piccolo?>>

<<Mia madre visse con grande tristezza, tutta la sua vita.>>

<<La depressione deve essere una cosa terribile.>>

<<La depressione fa pensare a una malattia. Mia madre non era malata. Lei era triste. La vita l'aveva trattata male.>>

Rimase in piedi girandole le spalle. Entrambi ascoltarono il fragore delle onde mentre si schiantavano sulla ghiaia.

<<Deve essere stato così difficile per tuo padre, gli deve mancare terribilmente.>>

<<Mio padre non è un uomo buono.>>

<<Non è violento, vero?>>

Per un momento Luigi considerò la sua domanda. Almeno una rabbia violenta avrebbe mostrato emozioni, invece della fredda assenza che contaminava tutti i ricordi della sua infanzia, e dell'adolescenza. <<Niente del genere. Mia madre non era una persona forte. Non intendo dire di salute, quella era abbastanza buona, ma il suo carattere era fragile. Lei aveva bisogno di qualcuno su cui appoggiarsi. Lei pensò che mio padre potesse essere quel qualcuno, lui è forte in ogni senso della parola. Nessuno scherza con Alberto Denaro.>> La voce di Luigi diventava sempre più sommessa mentre parlava dei suoi genitori. Ogni volta che faceva una pausa, l'unico suono in sottofondo che sentivano era il fruscio dei ciottoli e un gabbiano di passaggio.

<<Fu un matrimonio di contrasti, due persone che stavano cercando cose diverse. Lui voleva una moglie che gli desse un figlio e, una volta nato, aveva fatto il suo lavoro.>>

<<Sono sicura che si amavano.>>

<<Forse>> disse lui, scuotendo la testa. <<Ma non li ho visti una volta ridere insieme, o tenersi per mano.>>

Rimasero in silenzio per un po', ognuno immerso nei propri pensieri, sino a che il pianto di Michelle non riportò Janie nel presente. Lei aveva gettato l'orso da una parte ed ora lo cercava.

<<Mia madre si chiamava Eloise.>>

<<Un bel nome.>>

<<Sì, e lei era anche graziosa. Ma spesso tornavo da scuola e la trovavo in lacrime, senza un motivo apparente. Io iniziai a individuare i segnali. Alcuni giorni lei parlava a malapena, preferiva chiudersi in sé stessa lontana dal mondo.>>

<<E tuo padre?>>

<<Lui era sempre così indaffarato. Non penso nemmeno che se ne accorgesse.>>

<<È per questo che tu sei così arrabbiato con tuo padre?>>

Si girò di nuovo verso Janie e si accese un'altra sigaretta. <<Camminiamo per un po'.>>

Loro passeggiarono lentamente lungo il sottopassaggio. Furono superati da un paio di ragazzi in bicicletta che correvano e ridevano.

Dopo pochi minuti, Luigi indicò un altro sedile e di nuovo si sedettero entrambi.

<<Tuo padre è un uomo veramente speciale.>> La voce di Luigi era carica di emozione. <<Tu sei fortunata.>>

Janie aspettò, capendo che lui stava per dire qualcos'altro e quindi lui disse. <<Tua madre se ne è

andata quando eri piccola?>>

Janie chiuse strettamente gli occhi.

<<Tu non vuoi parlare di questo, ti capisco.>>

<<Ero piccola. Non capivo tutto quello che stava succedendo. Tutto quello che so è che se ne è andata via da noi quando papà ne aveva più bisogno.>>

<<E tu? Di cosa avevi bisogno?>>

Lei lasciò cadere le mani e lo guardò. C'era una sfida nel suo sguardo.

<<Noi abbiamo avuto Jessica.>>

<<Una madre surrogata?>>

<<Più una sorella grande. Lei portò la luce in quello che poteva essere un periodo nero.>>

<<Voi siete stati fortunati.>>

Lui finì la sua sigaretta e la buttò in terra, schiacciandola sotto la sua scarpa. <<Prima di morire mia madre mi raccontò una storia, parlava di un soldato inglese che conobbe in Anzio, durante la guerra.>>

<<Non è tuo padre?>>

<<No.>>

<<Ce la fai a raccontarmi quella storia, Luigi?>>

Lui si scostò i capelli dal viso, si girò verso il mare e quindi iniziò a parlare.

CAPITOLO 12

1944 - la piazza

Ci doveva essere un matrimonio. Amore che sboccia nel mezzo di conflitti e morte. Presto, due persone sarebbero uscite dalla chiesa di Santa Teresa, con i loro testimoni, ma senza i consueti fiori, e l'entourage elegantemente vestito. Niente di questo era possibile. Almeno non immaginava tanto. Non sarebbe stato nulla di più di due persone che dichiarano il loro amore l'uno per l'altro.

Lei si sedette su un muro fuori dal bar che era all'angolo tra Via Cesare e Via Lombardi. Mentre guardava alla sua sinistra, poteva vedere il mare. In lontananza, l'acqua sembrava immobile come il vetro. Ma vicino a lei, nel porto, la turbolenza rifletteva tutto ciò che aveva passato dallo scoppio della guerra. Barche da pesca urtavano contro il muro del porto, scalfendo ciò che restava della loro verniciatura. Gran parte di essa era screpolata, bruciata da una combinazione di sole caldo estivo e feroci tempeste autunnali.

Quando la sua famiglia si era trasferita in Italia, lei non sapeva nulla delle sue stagioni. Ora sapeva che il sole splendeva quasi tutti i giorni, ma quando era accompagnato dall'aria vorticosa proveniente direttamente dal Mediterraneo, allora era più facile chiudere gli occhi e ricordare casa.

Pochi mesi prima le spiagge di Anzio erano state luogo dello spargimento di sangue, migliaia di uomini uccisi o feriti. Siluri, bombe, carri armati, rumore e terrore. Lei era stata nascosta in casa per settimane, aveva timore ad uscire, per paura di ciò che avrebbe potuto vedere. Ma oggi aveva deciso di rischiare. Il sole splendeva ed era ora di farsi coraggio.

Il Bar Centrale era il suo preferito tra tutti i piccoli caffè italiani, ma da quando era scoppiata la guerra era stato chiuso. Questo non era il tempo dei piaceri, invece le strade erano piene di soldati, veicoli armati e desolazione. Prima che nascesse Luigi, veniva a sedersi a uno dei tavolini dei caffè e si godeva tutto quel liquido scuro nelle piccole tazzine.

La prima volta che le fu servito un espresso, si sentì come se fosse atterrata nel mondo del libro di favole di Alice nel paese delle meraviglie. Un tè party, dove il manico della tazzina era così piccolo che a malapena riusciva ad infilarci un dito per portarla verso le labbra. Il caldo e forte liquido diventò la sua bevanda preferita. Le piaceva la leggera amarezza che rimaneva dopo aver mescolato lo zucchero, finché non sentiva più i granelli scricchiolare sul fondo della tazzina. Gli italiani spesso bevevano questo cumulo di caffeina in un colpo solo, ma a lei piaceva sorseggiare, assaporando l'aroma ogni volta che portava la tazzina alle labbra. Ma era passato tanto tempo da quando aveva sorseggiato un vero caffè. Il caffè era stato sostituito da un liquido simile alla melassa fatto con la cicoria.

Tutti i cibi che aveva amato erano stati rimpiazzati da ciò che prima erano considerati rifiuti. Anche il pane scarseggiava, il cuore e l'anima del pasto italiano, la tradizionale *pagnotta* era quasi impossibile da trovare. Invece la gente faceva il pane con la farina di patate. Le uniche famiglie fortunate erano quelle che vivevano fuori dalle città, con la terra sufficiente per coltivare verdure.

Dal suo posto sul muretto aveva una visione chiara della piazza, ma invece che guardare i marciapiedi coperti dai residui delle esplosioni degli ultimi bombardamenti, chiuse gli occhi. Si ricordava l'ultima volta che era stata in quella piazza prima che fosse dichiarata la guerra. Due ragazzini erano seduti sul bordo della fontana di marmo, intingendo le mani nell'acqua e schizzandosi a vicenda, con il volto che esprimeva allegria. Due donne sedevano fianco a fianco sulla spiaggia vicina, immerse nella loro conversazione. Ogni tanto una delle donne gesticolava con le mani in aria. Quando arrivò per la prima volta in Italia non aveva capito queste gesticolazioni. Ogni conversazione sembrava essere una discussione, voci alzate, espressioni animate. Poi, nel tempo, aveva imparato che l'argomento poteva essere semplicemente l'aumento del prezzo delle pesche o la gioia per un raccolto eccezionale. Il cibo era il cuore della vita per il popolo italiano, ogni giorno era al centro della loro attenzione.

Nei suoi primi anni in Italia la quotidianità era occupata dai compiti scolastici. La famiglia si era trasferita ad Anzio quando lei aveva quindici anni e per parecchio tempo aveva fatto fatica con la lingua italiana. Suo padre mostrava il suo dispiacere evitandola ogni volta che faceva un errore grammaticale. La paura di sbagliare peggiorava la situazione. Spesso lei conosceva le parole, ma rimanevano nascoste in qualche posto della sua testa, avevano paura ad emergere dalla sua bocca. Anche quando parlava in inglese, le parole uscivano come un sussurro.

<<Parla più forte>> la strillava sempre suo padre. <<Che problema hai? Il gatto ti ha mangiato la lingua?>> Lei si chiedeva spesso da dove provenisse la frase. Perché un gatto dovrebbe mangiare la lingua di qualcuno? Sembrava così inverosimile.

Lei sorrise al pensiero di un gatto che mordeva la lingua di qualcuno. E poi udì una voce, vicino a lei.

<<Salve, stai bene?>>

Alzò lo sguardo e vide un soldato. La sua divisa raccontava una storia, il suo viso un'altra. La sua pelle fresca e gli occhi color nocciola chiaro le fecero venir da ridere. Eppure la sua giacca militare, spruzzata di qualcosa, forse polvere, o peggio; parlava della brutalità del combattimento.

<<Sto bene, sì.>>

<<Tu non dovresti stare qui, non è sicuro. Cosa succede se c'è un altro bombardamento? Abiti nelle vicinanze? Posso accompagnarti a casa in salvo?>>

<<Come sai che sono inglese?>> disse lei.

<<Un'ipotesi. Se tu non avessi risposto avrei arguito. Di solito funziona questo trucco. Mi imbarazza ammettere, che non ho imparato molte parole da quando sono qui. *Per favore, grazie, acqua* questi sono i miei limiti.>> Lei distolse lo sguardo, verso la chiesa.

<<Stavo sperando di intravedere la felice coppia>> lei disse.

Lui alzò un sopracciglio.

<<Il matrimonio. Ho pensato che stando seduta

qui, li avrei potuti vedere uscire.>>

Lui seguì lo sguardo di lei.

<<Un po' di tempo fa li ha fatti salire una macchina. Un taxi.>>

<<No, non può essere. Ai taxi è permesso solo portare i militari, soldati feriti, gente importante.>>

Lei sorrise. <<Bene, questa sposa era intelligente. Indossava un cappello militare al posto del velo. Penso in caso li avessero fermati.>>

<<Li conosci?>>

<<No, non proprio. Penso solo che siano così coraggiosi.>>

<<Coraggiosi?>>

<<Sì, di avere certezze in un momento come questo, quando ogni cosa è volatile, in continua evoluzione.>>

<<Meglio afferrare la vita, finché possiamo.>>

<<È questo quello che fai?>>

<<È tutto quello che posso fare. Qui io sono in un paese straniero, indosso una strana uniforme, faccio un lavoro che non capisco davvero...>>

<<Combattere?>>

<<Sono un autista. Certo capisco che in parte va bene, ma tutto il sottofondo della guerra, la politica, non posso pensare a niente di tutto ciò.>>

<<Sono morte così tante persone una perdita infinita. E tutto questo perché? Non siamo tutti uguali? Padri, figli, madri, figlie, perché dobbiamo prendere posizione?>>

<<Tutto è confuso. Guarda l'Italia. Un momento gli italiani sono nostri nemici, in seguito stanno combattendo al nostro fianco.>>

<<È colpa di Mussolini. Ma tu hai ragione nel dire

che è complicato. Alcuni italiani parlano di quanto Mussolini ha fatto per loro, trasformato ettari di terreni in agricoli per farglieli coltivare, ha instaurato i campi estivi per i bambini. Pensavano che tenesse alla gente, ma poi arrivò Hitler...>>

<<È quello che sto dicendo. I colpi di scena, il bene e il male non sono sempre così facili da determinare.>>

Le campane iniziarono a suonare. Loro si girarono entrambi verso la chiesa e dopo pochi minuti la pesante porta di quercia si aprì. Il primo ad uscire fu il prete, indossava una lunga tonaca bianca, con una stola rossa e oro, come una lunga sciarpa intorno alle sue spalle. La sposa indossava un abito color crema, la giacca fatta a mano accentuava la sua vita stretta. I suoi capelli erano raccolti in alto dietro la testa, un singolo fiore bianco poggiato dietro l'orecchio, forniva il perfetto contrasto con i riccioli nero corvino. Aveva in mano un mazzolino di fiori e un libricino bianco delle preghiere. Lo sposo indossava la divisa di un soldato italiano. I suoi occhi non lasciavano per un momento la sposa, così tanto che quasi inciampò mentre scendeva i gradini della chiesa mano nella mano. I loro due testimoni li seguivano sulle scale. Si sentiva così triste per loro, non c'erano confetti, musica o risate.

<<Mi chiedo se hanno una macchinetta fotografica. Qualcuno dovrebbe fare delle foto.>> Il giovane soldato inglese si alzò in piedi. <<Ah, ecco, va bene.>> Uno dei testimoni prese dalla borsa una piccola macchinetta fotografica e iniziò a scattare foto, proprio appena il sole venne fuori da una piccola

nuvola bianca.

<<Che scena meravigliosa>> lui disse. <<Ora avranno per sempre qualcosa per ricordarsi.>>

<<Non c'è bisogno di foto per ricordare le cose.>>

<<Cosa ti ricordi?>>

<<Quando chiudo gli occhi, vedo la mia città natale. Vedo i gabbiani volare intorno alle scogliere, i cavalloni bianchi sull'acqua. Posso persino sentire lo stridio dei gabbiani e sentire l'odore del pesce fresco appena pescato.>>

<<Sei cresciuta vicino alla costa?>>

<< Sì, vicino Tidehaven. La conosci?>>

<<Questa è una coincidenza. Sì, la conosco molto bene. Io sono di Brightport, proprio lungo la costa. Da quanto tempo vivi in Anzio?>>

<<Ci ha portato qui il lavoro di mio padre.>>

<<Deve essere stato difficile per te. Per un periodo gli inglesi non erano i benvenuti.>>

<<Mi mancavano i miei amici.>>

<<Resterai qui, dopo la guerra?>>

<<Chi lo sa cosa succederà dopo la guerra. In questo momento, è come se non finisse mai.>>

<<Posso accompagnarti a casa?>>

Lei distolse lo sguardo da lui, verso la stradina secondaria che correva lungo la piazza. <<Alcune volte, quando cammino per le strade provo ad immaginare i posti come erano. O anche come saranno.>>

<<Sì, bambini contenti con i loro gelati, famiglie che passeggiano prima di cena. Loro la chiamano *la passeggiata.*>>

<<Penso che sia il clima che fa la differenza. A casa

non ci sono molti giorni in cui puoi avere una piacevole passeggiata serale, anche in estate.>>

<<Mi chiedo se vedrò mai più la mia città natale.>>

<<Certo che lo farai. Dopo la guerra le cose torneranno belle di nuovo. Io ci credo con fervore. Ma potresti non voler lasciare tutto questo. Se la mia famiglia fosse qui, potrei cercare di restare, imparare la lingua, sposare una graziosa ragazza italiana.>>

Lui guardò le labbra di lei che accennavano ad un sorriso.

<<Ora mi stai prendendo in giro>> disse lei.

<<Forse.>>

I partecipanti al matrimonio erano andati via dalla piazza, lasciando un triste silenzio, come se non ci fossero mai stati.

<<Ti vedrò di nuovo?>> disse il soldato.<<Voglio dire, vivi qui vicino?>>

Lei sorrise.

<<Scusa se mi permetto, ma qualcuno ti ha mai detto quanto sei bella quando sorridi? È come se qualcuno avesse appena acceso la luce.>>

Si tirò i capelli indietro formando una coda di cavallo, sperando che non si accorgesse del suo arrossire. <<Tu ci sa fare con le parole.>>

Lei si alzò in piedi, gli diede la mano per salutarlo e si allontanò. Lui la guardò mentre attraversava la piazza.

CAPITOLO 13

Domenica di Pasqua - Vicolo Bottle

Mentre Luigi parlava, guardava lontano verso l'orizzonte. Il sottopasso era freddo ed umido e Janie rabbrividì un po', stringendosi nella giacca e sollevando il colletto.

<<Mia madre si ricordava quel soldato inglese, come una persona gentile, che le aveva dato un senso di speranza.>> La voce di Luigi ora era appena un sussurro e Janie dovette girarsi verso di lui per captare ogni parola.

<<Questo successe dopo che tua madre era sposata? Dopo che eri nato?>>

<<Io dovevo avere circa tre anni. Forse mi aveva lasciato da un vicino di casa. Non c'era penuria di vicini gentili che si prendessero cura di me. Gli italiani amano i bambini.>> Il tono della sua voce era cambiato, come se ora fosse pronto a difendere la madre in tutto e per tutto per quello che avrebbe potuto fare tutti quegli anni fa.

<<Vide di nuovo quel soldato?>>

Lui scosse la testa. <<Lei ritornò allo stesso bar diverse volte, ma lui non tornò mai.>>

<<Mi chiedo se lei abbia mai raccontato a tuo padre di quel soldato.>> Janie restò in silenzio per alcuni momenti mentre le giravano alcuni pensieri nella testa e poi parlò. <<Luigi, hai sperato che mio padre fosse quel soldato?>>

Lui la guardò direttamente con occhi spalancati.

<<È pazzesco, lo so. Ma quando ho conosciuto

Jessica e lei mi ha parlato di suo fratello, e mi ha detto che lui è stato in guerra in Italia. Ho pensato che ci fosse una possibilità. Forse per un momento volevo credere in un miracolo.>>

<<Tua madre ti ha dato un'idea di chi fosse quel soldato, niente nomi?>>

<<Forse era solo una storia. Forse lei non ha mai incontrato un soldato. Tu devi capire che mia madre per parecchio tempo ha vissuto chiusa in se stessa.>>

<<Sembra che si sentisse sola. Deve essere stato difficile per lei, passare così tanto tempo da sola, con tuo padre lontano.>>

Luigi si accese un'altra sigaretta e camminava avanti e indietro mentre fumava.

<<Hai conosciuto Jessica subito dopo che tua madre è morta?>> Janie stava iniziando a vedere i collegamenti. Per alcuni momenti nessuno dei due parlò.

<<Puoi raccontarmi come è morta? È stata male lungo tempo, o è stato all'improvviso?>>

Lui smise di camminare su e giù, ma poi iniziò a picchiettare un piede in terra come se il movimento aiutasse a scacciare i pensieri che gli giravano nel cervello. <<Lei aveva perso la volontà di continuare a vivere. Lei aveva rinunciato alla speranza, vedi. E senza la speranza, che cosa ha ognuno di noi ?>>

<<Tua madre si è tolta la vita, Luigi?>> Janie usava lo stesso tono gentile di quando cullava Michelle per farla dormire.

In risposta lui fece un breve cenno con il capo.<<Io sono quello che l'ha trovata.>> Lui teneva la testa piegata verso il petto, e Janie aveva difficoltà a sentire

126

le sue parole che iniziavano e finivano nel collo del suo maglione.

<<Non riesco ad immaginare che terribile shock deve essere stato.>>

<<È stato il giorno dopo del mio compleanno. La sera prima mia madre mi aveva cucinato il mio piatto preferito. Le sue lasagne erano le migliori di qualsiasi ristorante. Ma è un piatto che non assaggerò mai più.>>

<<Sono sicura che fosse una cuoca bravissima.>>

<<Lei aveva imparato il fervore italiano per il cibo. Nutrire bene qualcuno è dimostrargli quanto lo ami. Sotto certi aspetti era diventata italiana.>>

<<Se lei ha vissuto in Italia da quando era ragazza, per lei deve essere stata come casa sua.>>

Janie lo guardò mentre sembrava che lottasse con le immagini che gli balenavano nella mente.

<<Se lei fosse ritornata in Inghilterra prima della guerra, lei sarebbe ancora con me>> disse con un tono di certezza.

<<Tu pensi che stare in Italia l'abbia resa infelice?>>

<<No, non l'Italia. Mio padre.>>

Il filo della sua storia era contorto, tutti i suoi ricordi e le sue emozioni erano un vortice di confusione.

<<Tu stavi parlando della tua cena di compleanno?>> Lei provò gentilmente a farlo ritornare al presente.

<<Mio padre non c'era. Troppo indaffarato, ci aveva detto. *'Possiamo festeggiare quando torno a casa'*. Luigi strinse le mani a pugno. << Sì, è stata davvero una bella festa. È tornato ed ha trovato sua moglie

morta e suo figlio se ne era andato.>>

<<Devi aver voluto cancellare tutto.>>

<<Lasciai un biglietto a mio padre. Gli dicevo che la morte di mia madre era colpa sua e che io non lo avrei mai perdonato.>> Il suo viso ora aveva una smorfia. Il bel viso che deve aver fatto girare la testa a molte signorine italiane ora sembrava quasi brutto.

<<Dove andasti?>>

<<Andai a stare da Mario, era un buon amico. Sapevo che lì mio padre non mi avrebbe mai trovato. Lui non conosceva i miei amici, non conosceva niente di me.>>

<<Deve essere stato un periodo di solitudine.>> Lei toccò la sua spalla e lo sentì tremare.

<<Era più facile stare da solo. Mario era al lavoro la maggior parte del tempo. Io dormivo molto, bevevo molto. Troppo.>> Smise di parlare e guardò in basso un mucchio di sabbia e piccoli ciottoli che erano stati portati dall'ultima alta marea. Si chinò, prese un po' di sabbia, poi la fece scivolare attraverso le dita, di nuovo in terra.

<<Mario deve essere stato un buon amico.>>

<<Sì, lui è il mio migliore amico. Io passai qualche settimana senza uscire fuori, senza fare niente, poi un giorno mi disse che dovevo smettere di nascondermi, mi aiutò ad affrontare di nuovo la vita.>>

<<Come hai fatto con i soldi?>>

<<Mario mi offrì un lavoro nel suo bar.>>

<<Ed è lì che hai incontrato Jessica?>>

<<Tu sai il resto.>> Gettò il mozzicone della sigaretta in terra. Quindi si alzò e si stiracchiò, in tutta la sua altezza, tirando indietro le spalle, come se

stesse riaffermando la sua posizione nel mondo.

<<Andiamo, torniamo indietro ora. Papà e Jessica si staranno chiedendo dove siamo andati. E Greg ed io siamo invitati dai miei suoceri per il tè. Se saremo in ritardo non la finiranno più.>>

Loro iniziarono a camminare verso l'inizio del *Bottle Alley*, Janie spingeva la carrozzina e Luigi camminava in silenzio accanto a lei.

<<Grazie per avermi parlato di tua madre. Parlare di nuovo di tutto non deve essere stato facile.>>

<<È facile parlare con te.>>

<<E Jessica?>>

<<Io non ho niente da nascondere.>>

Janie ebbe la sensazione che Luigi stava rispondendo internamente ad un'altra domanda.

<<C'è altro che ho bisogno di dirti>> lui disse. Era come se avesse aperto il tappo della sua memoria ed ora fuoriusciva tutto. <<La notte che mia madre è morta io ero molto ubriaco. Sono passato attraverso la cantina di mio padre, poi sono andato nel suo studio, ho rovistato la sua scrivania. Ero convinto che mio padre avesse un'amante. Non riuscivo ad immaginare che qualcuno potesse dedicare così tanto tempo della propria vita solo al lavoro. Doveva esserci una donna al centro di tutto. Ne ero certo avrei trovato qualcosa, una foto, una lettera d'amore.>>

<<Pensi che tua madre sospettasse che tuo padre avesse una relazione. Era per questo che lei era tanto infelice.>>

Luigi fissò lo sguardo su Janie, ma era come se stesse guardando attraverso di lei, in un altro posto, in un altro tempo. <<Non lo saprò mai. La cosa più difficile da sopportare è che io non potevo parlargliene e lei non sentiva di poterne parlare con me.>>

<<Lei ti voleva proteggere. È naturale che una madre voglia proteggere suo figlio.>>

Per un momento il pensiero di Janie andò a sua figlia. Lei si chinò sulla carrozzina, sorridendo a Michelle, che rispose gesticolando con le braccia e chiudendo le sue manine a pugno. Poi si concentrò su Luigi, che si stava asciugando le lacrime dal viso.<<Tu ne hai passate molte. Deve essere stata dura per te. E la tua amicizia con Jessica? Speravi che ti potesse aiutare?>>

<<Tu pensi che io abbia usato tua zia, vero?>> il tono di Luigi era accusatorio, sembrava come se le sue emozioni fossero passate velocemente dal dolore alla rabbia, poi di nuovo al dolore.

<<Jessica si sa guardare da sola. Non sono io che devo dirle qualcosa.>>

<<Ho visto la possibilità di una svolta.>>

Janie gli diede uno sguardo interrogativo e aspettò che lui continuasse.

<<Venire qui in Inghilterra, sulla costa sud, era una possibilità di sapere di più su mia madre, chi era prima...>>

<<Prima che andasse in Italia?>>

<<Prima di perdere la sua strada. Era quello che stavo facendo la notte in cui è morto Bertie. Camminavo e pensavo a mia madre.>>

<<Immaginando i posti da lei frequentati?>>

<<Sì, lei deve aver passeggiato sul lungomare,

giocato anche sulla spiaggia. Mi piace tenere in mano i ciottoli, fingere che siano gli stessi che ha tenuto in mano lei.>>

Teneva le mani vuote verso Janie, come se le stesse mostrando i ciottoli della spiaggia.

<<Noi possiamo chiedere in giro>> disse Janie, con voce suadente <<trovare qualcuno che si ricordi della famiglia. La mia migliore amica, Phyllis Frobisher, ha vissuto qui tutta la sua vita. Lei potrebbe anche ricordarsi di tua madre.>>

<<Tu vuoi aiutarmi. Lo so. Pensavo che stare qui mi avrebbe fatto sentire più vicino alla memoria di mia madre, invece è come un albero senza radici, tutto quello che può succedere è andare sempre più giù.>>

<<Ed ora con la morte di Bertie?>>

<<Farò quello che mi hai chiesto. Telefonerò a mio padre.>>

<<Sono confusa. Quando ne abbiamo parlato mi avevi detto che pensavi tuo padre avesse mandato Bertie per seguirti. Ma proprio ora mi hai raccontato un'altra cosa.>>

Lui fece un sorriso ironico.<<Capisco perché sei una investigatrice.>>

<<Sono sicura che tuo padre ti vorrà aiutare. Se lui sa che la polizia ti ha trattenuto il passaporto, vorrà aiutarti a pulire la tua fedina penale.>>

<<Prima di lasciare l'Italia, io scrissi a mio padre di nuovo. Gli dicevo che stavo venendo qui. Gli ho parlato di tua zia e gli ho detto che mi ha aiutato più lei in pochi mesi di quanto abbia fatto lui in tutta la mia vita.>>

Janie non disse nulla, ma gli passò per la mente

l'immagine del padre di Luigi e il dolore che quella lettera doveva avergli causato.

<<Tu pensi che io sia senza cuore, senza sentimenti.>> Lui disse, fissandola.

Lei stava per scuotere la testa, per rispondere, ma lui parlò di nuovo. <<Il mio cuore si è spezzato quando mia madre è morta, perciò forse tu hai ragione.>>

Per tutta l'ora o giù di lì che Janie trascorse a casa dei suoceri, continuò a ripensare alla conversazione che aveva avuto con Luigi. La storia che le aveva raccontato era triste eppure in qualche modo era sollevata di averla sentita. L'accumulo di punti oscuri sul carattere di Luigi sembrava essersi dissipato. Sì, si era comportato in modo strano, ma ora lei poteva capire alcune delle ragioni delle sue azioni. Un paio di volte era così immersa nei suoi pensieri che Nell Juke dovette ripetergli la domanda prima che Janie realizzasse che qualcuno stesse parlando.

<<Non scordarti di prendere il giacchetto>> disse Nell, tenendo Michelle sulle sue ginocchia ed esaminando il suo vestito. <<Ho lavorato per lei con le misure della seconda taglia, ma lei la supererà in pochissimo tempo. Sei sicura di non darle da mangiare troppo spesso? Sembra che l'abbia gonfiata da quando l'abbiamo vista la scorsa settimana. I bambini sono come un turbine, non dovresti lasciarli comandare.>>

<<Va bene, mamma>> rispose Greg, prima che Janie potesse parlare.

<<Tutte queste idee nuove di alimentazione su richiesta>> disse Nell. <<Non sono d'accordo con

questo. Dovete impostare i limiti. Questo è quello che abbiamo fatto con Greg e Rebecca e non gli ha mai fatto male.>>

<<Mamma, veramente, non ti devi preoccupare. Janie ed io sappiamo cosa stiamo facendo.>>

Più tardi quella sera a casa, Janie sistemò Michelle per la notte, poi si lasciò cadere sul sofà mettendo i piedi sulle gambe di Greg.

<<Un massaggio ai piedi è una soluzione? È stata una lunga giornata, vero?>> disse Greg.

<<Più che altro, lungo weekend. È in senso ironico, vero? Non vedevo l'ora che Jessica tornasse dall'Italia, invece da quando è arrivata non ci sono stati altro che drammi.>>

<<Non per colpa sua, penso.>>

<<No, decisamente no per colpa sua. Tranne forse gli amici che sceglie.>>

<<Luigi?>>

<<È un'anima piuttosto tormentata, no? La storia che mi ha raccontato oggi, era così triste.>>

<<E lui ha pensato che il soldato inglese poteva essere tuo padre?>>

Janie chiuse gli occhi, poggiando la sua testa indietro su uno dei cuscini. <<Suppongo che pensasse di poter trovare qualcosa nella stanza di mio padre, una foto o un piccolo ricordo.>>

<<È una cosa azzardata, però non è vero? Non penso che possa aver davvero immaginato di ritrovare il soldato. A me sembra che viva in un mondo di sogni.>>

<<Perdere tua madre in quel modo, certo, ti rovinerebbe, non è vero?>>

<<Il suicidio è piuttosto triste. Devi essere più che infelice per toglierti la vita.>>

<<Pensi che dia la colpa a suo padre? Ha detto che i suoi genitori non andavano d'accordo, che a suo padre interessava solo il suo lavoro. Sembra piuttosto amareggiato per l'intera faccenda.>>

<<Lui lo sarà sicuramente, chiunque lo sarebbe. Immagina come staresti tu se tuo padre morisse.>>

<<Sarebbe insopportabile. Io sarei devastata. Ma non sarei arrabbiata.>>

<<Il dolore può far sorgere nelle persone ogni sorta di reazione.>>

<<Sono sorpresa che non lo abbia raccontato a Jessica.>>

<<Alcuni uomini non trovano facile aprirsi.>>

Janie si sedette e abbracciò suo marito, stringendolo a lei. <<Mi dirai sempre tutto, vero?>>

<<Che cosa ti devo dire?>>

<<Se tu sei arrabbiato per qualcosa? Se tu sei preoccupato, o triste?>>

<<Per ora la sola cosa che mi preoccupa è che tu stia pensando che questo è un altro caso che devi risolvere. Sei in uno stato che stai immaginando di tutto.>>

<<Non sto immaginando niente, Greg, ti sto solo raccontando quello che mi ha detto.>>

<<Cosa pensi che stia succedendo allora?>>

<<Non ne ho idea, ma qualcosa non torna.>>

Nella mente di Janie c'erano ancora domande senza risposta. Se lei avesse potuto scoprire la ragione per la quale Bertie era venuto a Tamarisk Bay, forse avrebbe potuto dare una spiegazione a tutto questo. E poi c'era Rosetta. C'era qualcosa di strano nel suo comportamento. Naturalmente, era arrabbiata per il ritrovamento di un cadavere in una delle stanze degli ospiti, ma Janie era sicura che c'era qualcos'altro nell'aria. Potrebbe essere collegato a Luigi Denaro, o alle conoscenze italiane di Rosetta?

<<OK, basta per ora>> disse Greg <<Riesco a sentire la tua mente ronzare. Accendo la televisione e prepariamo una bevanda calda e poi penso che dovremmo aprire il tuo uovo di Pasqua.>>

C'era più di una casa a Tamarisk Bay dove la Pasqua era passata in secondo piano.

Frank Bright si accasciò sulla sedia accanto al fuoco, si liberò calciando delle pantofole ed allungò le dita dei piedi verso il carbone acceso.

<<Luke e Tom si sono addormentati alla fine?>> disse, guardando sua moglie che piegava una pila di pannolini puliti. <<Ti vai a riposare per cinque minuti?>>

<<Devo prepararti i tuoi panini e devo mettere a bagno i pannolini sporchi.>>

<<Lascia per un po', Nikki, tu sembri esausta. Vieni e siediti accanto a me, non abbiamo quasi avuto la possibilità di parlare per giorni.>> Frank tirò giù sua moglie facendola sedere sulle sue ginocchia e l'abbracciò.

<<Anche tu devi essere stanco, hai fatto tardi una sera dopo l'altra per tutto il weekend festivo.>>

<<Il crimine non si ferma per le vacanze. In effetti, ho esperienza che è proprio l'opposto.>>

<<Sei preoccupato per questo caso, vero?>>

<<Mi preoccupo di tutti.>>

<<Lo so che lo fai. Ma capisco quando ce n'è uno che ti entra sotto la pelle. Lo posso vedere sul tuo viso. E sei stato così agitato durante la notte.>>

<<Tu lo dovresti sapere. Con quei nostri ragazzi, quasi tutte le sere a malapena riesci a dormire un'ora intera.>>

<<Lo so. Ma non sarà per sempre. Diventerà più facile in pochi mesi, entreranno nella routine.>> Lei lo guardò in viso. <<Raccontami>> lei disse.

<<C'è stato un morto.>> Mentre parlava, rimescolò i fatti nella sua mente.

<<Un assassino a Tamarisk Bay, non c'è da stupirsi che tu sia tanto agitato.>>

<<Non so se è un delitto. Questo è il problema.>>

<<Per favore non dirmi che è qualcuno che conosco.>> Nikki guardò il suo viso in cerca di indizi.

<<No, niente del genere. Ma la tua amica è coinvolta di nuovo.>>

Nikki trasse un profondo respiro.

<<Janie Juke.>> Il tono di Frank era tagliente.

<<Noi non siamo più amiche. Non proprio.>>

<<Non ti avrei dovuto parlare di questo. Non avrei dovuto parlarti di niente. Dimentica quello che ho detto.>>

<<Difficilmente lo potrò fare ora. Immagino che Janie ti stia rendendo le cose difficili.>>

<<Sì e no. A lei piace andare in giro ad indagare, facendo domande.>>

<<E questo è il tuo lavoro.>>

<<Se devo essere completamente onesto lei ha un talento per questo.>>

<<Ad alcune persone non piace parlare con la polizia.>>

<<Su questo potresti avere ragione.>>

<<Non lasciarla mettersi nei tuoi panni, ma approfitta di lei. Se le persone le raccontano cose che non vogliono raccontare a te quindi rendila la tua alleata. Non devi essere dalla parte opposta.>>

Dandogli un bacio sul collo, Frank prese la sua mano sinistra e toccò la sua fede nuziale. <<Sapevo che c'era una ragione per averti sposato.>>

CAPITOLO 14

Lunedì di Pasqua - La famiglia Juke

Il Lunedì di Pasqua arrivò con un tempo bello primaverile. Appena era sorto il sole aveva inondato la casa dei Juke con i suoi raggi luminosi, gettando chiazze di luci ed ombre sui mobili. Sfortunatamente, metteva anche in risalto la polvere e qualche piccola ragnatela negli angoli superiori della cucina. Ignorando la lista mentale delle faccende domestiche che Janie stava ripetendo nella sua mente da quando si era svegliata all'alba, lei avvolse Michelle in una grossa coperta, mise una giacca sulla sua vestaglia ed uscì nel giardino sul retro.

I narcisi ed i bucaneve che erano sbocciati diverse settimane prima avevano terminato la loro fioritura. A titolo di compensazione, un grosso gruppo di giunchiglie era fiorito nell'angolo più lontano del giardino, al riparo da un faggio.

Stando per pochi minuti sulla porta di casa, Janie vide alcuni uccellini che si spingevano l'un l'altro per avvicinarsi al cibo. Il giorno prima lei aveva riempito le mangiatoie, ma ora erano quasi vuote. Pensò che gli scoiattoli avessero fatto la loro parte, ma era la natura che aveva il suo modo di risolvere le lotte di potere. Lei sorrise al ricordo delle conversazioni con la sua amica Zara, che supportava gli animali più degli umani.

<<Forse un giorno conoscerai Zara>> sussurrò a sua figlia. <<Lei mi ha aperto gli occhi su tante cose, una di queste l'ingiustizia. Forse abbiamo delle ingiustizie

che stanno succedendo qui di nuovo, che ne pensi?>> Come se avesse capito tutte le parole, Michelle spalancò i suoi occhi ed emise qualche suono.

<<Stai parlando da sola?>> Greg si avvicinò a sua moglie. Era infagottato nella sua vestaglia, con la sua barba mattutina e gli occhi socchiusi, lo facevano sembrare più addormentato che sveglio.

<<Sto avvertendo nostra figlia di alcuni problemi che sono nel mondo.>>

<<Un tantino presto per discussioni così serie.>>

<<Presto in questo giorno, o nella sua vita?>>

<<Entrambe. Torna dentro. Anche se è soleggiato, ma è ancora freddo.>>

Greg aveva appena messo il bollitore sul fuoco quando suonarono alla porta.

<<Stai scherzando. Sicuramente non è il lattaio che si aspetta il pagamento in un giorno festivo.>> Greg strinse il cordone della vestaglia ed aprì la porta.

<<Buongiorno.>> Libby era sulla soglia, il suo elegante aspetto biondo e il trucco degli occhi disegnati a matita erano nettamente in contrasto con l'aspetto spettinato di Greg. <<Sono venuta per portare i regali.>> Passò davanti a Greg e fece il suo ingresso in cucina. <<Ciambelle incrociate calde.>> Senza aspettare risposta lei aprì uno degli armadi della cucina e prese una teglia. <<Posso accendere il forno mentre tu prepari da bere?>>

<<Non smuoverla troppo, non è tanto che ha avuto una poppata.>> Janie era solo concentrata su Libby che aveva preso Michelle e la sollevava in aria, per poi iniziare a ballare intorno al tavolo della cucina.

<<Quale sono le ultime informazioni sul nuovo

uomo in città, Michelle?» disse Libby, rallentando fino a fermarsi e spostò Michelle appoggiandole la testa sulle sue spalle.

«Cosa è che ti fa essere così luminosa e gioviale in questa ridicola ora mattiniera e di chi stai parlando?» disse Janie.

«Il signor Romeo. *L'amico* di Jessica.» Libby enfatizzò le sue parole con un sorriso spalancando gli occhi. «È stupendo? Quegli sguardi latini, oh, posso solo immaginare.»

Greg era rimasto in piedi sulla soglia della cucina e ora che poteva indovinare dove si stava dirigendo la conversazione era ansioso di fuggire. «Mi devo andare a finire di preparare. Vi lascio ragazze, ma per favore non corrompete mia figlia con i vostri discorsi. Ricordatevi non tutto ciò che luccica è oro.»

«Cosa c'entra il luccichio?» chiese Libby.

«Solo perché qualcuno ha un bell'aspetto, non sempre significa che è un affare. Non voglio che Michelle si faccia un'idea sbagliata» gridò Greg mentre saliva le scale.

«E lui allora? Bell'aspetto, intendo?» Janie diede una stoffa di mussola a Libby mentre Michelle rigurgitava l'ultimo latte preso sulla giacca di Libby. «Oh, delizioso. Grazie. Non potevi aspettare sino a che non ti avessi ridato a tua madre? Questo non è il modo di trattare il mio acquisto più recente, mi è costato due mesi di risparmi e me lo sono potuta permettere solo con i saldi a gennaio.»

«Ti avevo avvertita, qui lascia che ti pulisca. Siediti e tieni mia figlia ancora per un minuto. Tu hai troppa energia per quest'ora del mattino. Quanti caffè ti sei presa?>>

Con le bevande pronte, il rigurgito di latte pulito e Greg che carpiva alcuni momenti di pace nel giardino nel retro, le ragazze andarono in sala da pranzo.

<<Non voglio pensare cosa direbbe Ray se scoprisse che tu stai languendo per un estraneo.>> Janie prese un ribes da una delle ciambelle e lo fece rotolare tra le sue dita.

<<Quello che non sa non può ferirlo. E tu lo mangerai il ribes, o ci stai solo giocando?>>

<<Questo weekend mi ha tolto l'appetito ad essere onesta. Voi due state bene?>>

<<Ray ed io? Naturalmente, perché non dovremmo? Ma solo perché sono felice con la bistecca non significa che non possa sbavare sporadicamente per un grosso gelato.

<<Tu sei incorreggibile.>>

<<Grazie, lo prenderò come un complimento.>>

<<Bene, sì, Luigi ha un bell'aspetto, se il tipo scuro, bruno e continentale è la tua passione.>>

<<Sembra delizioso.>>

<<Ma come ha detto Greg, non conta solo l'aspetto.>>

<<Perché, ha un passato malvagio segreto? E che cosa mi sono persa che ti ha fatto passare l'appetito?>>

Janie sistemò i cuscini in un angolo del divano, poggiandoci in mezzo Michelle e passò gli ulteriori dieci minuti a raccontare a Libby gli eventi degli ultimi giorni.

<<Oh, mio Dio. Mi sono persa tutto questo per una stupida festa da ballo, che poi non era neanche così

bella. Potrei essere stata sulla scena, fare un'esclusiva. Potrei aver avuto persino un posto in prima pagina.>>

<<Libby, un uomo è morto. Non si tratta della tua opportunità mancata di fare uno scoop e una promozione dal tuo editore.>>

<<Lo so, lo so. Così il DS Bright ha interrogato tutti voi, deve credere che ci sia dell'altro.>>

Janie fece girare la sua tazza vuota sul piattino, ripensando agli eventi degli ultimi due giorni prima di rispondere. <<C'è dell'altro, sì. Ne sono certa. Ma di che *cosa* si tratta, non ne ho un'idea.>>

<<Pensiamoci. Ricordati che tu ed io siamo i migliori cervelli investigativi a Tamarisk Bay. Noi abbiamo risolto l'ultimo mistero lavorando insieme, così facciamolo di nuovo.>>

<<Rintracciare una persona scomparsa è una cosa, ma questa volta c'è un morto.>>

<<Oh, andiamo, cosa ti blocca? Poirot non esiterebbe un attimo.>>

<<Libby, questa è una cosa seria.>>

<<E noi lo siamo. Andiamo dove è il tuo taccuino? Guardo la bambina mentre vai a cercarlo. Ti prometto che non la scuoto di nuovo. Stiamo solo qui sedute tranquille tutte e due. Ma fai svelta, tra poco me ne devo andare al lavoro.>>

<<Stai lavorando in un giorno festivo?>>

<<Le notizie non si fermano per le feste, lo sai.>>

<<OK, vai al lavoro, poi torna qui più tardi, quando hai finito. Nel frattempo, butterò giù alcuni appunti e li potremmo vedere insieme.>>

<<Sembra un piano.>>

<<E non scordarti, non puoi dire nulla di quello che ti ho detto al tuo editore, o noi potremmo essere arrestate.>>

<<Non c'è niente di illegale nel dare la notizia di una morte, avvenuta qui, sul giornale locale, sicuramente?>>

Più tardi, quel giorno, Janie e Libby lasciarono Greg guardare una farsa di Rix Brian in televisione, mentre loro studiavano gli appunti di Janie.

<<OK, raccontami tutto di nuovo e focalizza i punti dove tu hai dei dubbi>> disse Libby.

<<Io ho dei dubbi su l'intera vicenda.>>

<<Andiamo, focalizzali.>> Una leggera nota di impazienza si era insinuata nella voce di Libby.

<<OK, la prima cosa – perché Bertie è venuto qui a Tamarisk Bay? E sembra che lui fosse sullo stesso treno di Luigi?>>

<<Queste sono due cose.>>

<<Lo so, ma sono connesse. Poi abbiamo una camicia macchiata di sangue che Luigi aveva infilato sotto al suo letto.>>

<<Forse è solo disordinato. Gli uomini gettano i vestiti sporchi sul pavimento e se li scordano. Non sembra che Bertie avesse un coltello infilato quando tu lo hai trovato.>>

<<Non è il momento di scherzare. C'è un mistero anche riguardo la valigetta. Inoltre, la polizia ha tolto il passaporto a Luigi.>>

<<Così, la valigetta che la polizia ha preso dalla stanza di Bertie non era di Luigi?>>

<<Lui ha detto che non lo era.>>

143

<<Focalizziamo i fatti. Sappiamo che Alberto e Bertie era soci in affari. Forse Bertie era veramente qui per affari e solo per pura coincidenza è arrivato nello stesso periodo di Luigi, sullo stesso treno. Ma ho scoperto alcune cose interessanti da Marcus – lui è il mio editore. Lui è molto interessato alla politica internazionale.>>

<<Allora, perché sta lavorando su un giornalaccio locale?>>

<<Necessità, suppongo. Lui ha appena creato una famiglia. Tuttavia, questo non è importante. La cosa importante è che lui conosce molto di quello che succede in Italia.>>

Janie alzò un sopracciglio aspettando che la sua amica continuasse.

<<Io ho parlato a lungo con lui oggi.>>

<<Libby, per favore dimmi che non hai vuotato il sacco sulla morte di Bertie. Mi metterebbe in difficoltà con il DS Bright. Capirà che la storia è venuta fuori da me e sarò di nuovo la signora Impopolare.>>

<<Non farti prendere dal panico. Io non ho fatto un fiato. Ho solo finto di avere un interesse. Gli ho raccontato quanto era importante per me avere una panoramica degli affari mondiali se volevo andare avanti nella mia carriera.>>

<<Sembra plausibile.>>

<<Devo esserlo stata perché ci ha creduto ed ha passato circa un'ora a spiegarmi tutti i dettagli di quanto è successo in Europa dalla Seconda guerra mondiale da un aspetto politico. Ad essere onesta la maggior parte delle spiegazioni non hanno sfiorato la mia testa.>>

<<Ma tu hai imparato qualcosa di utile? Sull'Italia?>>

<<Sì, esattamente questo. L'ho allontanato dalla panoramica più ampia e gli ho chiesto specificamente dell'Italia. Gli ho detto che ero sempre stata affascinata da quel paese.>>

<<Così cosa hai scoperto che ci aiuta con la morte di uno straniero in una pensione gestita da un'italiana?>>

<<Quando la metti in questo modo, suppongo che tutto ciò sembri una pazzia. Ma in fondo tutto ciò ha a che fare con la mafia.>>

<<Cosa è la mafia?>>

<<La mafia ha il controllo delle organizzazioni statali in Italia.>>

<<E le attività commerciali?>>

<<Decisamente.>>

<<Sembra che nell'ultimo decennio o più ci sia stato un enorme aumento della criminalità organizzata e della violenza in Italia e le autorità hanno addebitato tutto alla mafia. Cinque o sei anni fa ci fu un enorme rastrellamento, centinaia di persone furono arrestate e accusate di tutto, traffico di droga, persino omicidi.>> Libby fece una pausa per permettere all'effetto delle sue parole di penetrare, poi continuò. <<I processi sono in corso ma ci sono prove per collegarli a brutali uccisioni, anche alla morte di poliziotti.>>

<<Questo è affascinante, ma non riesco a vedere quanto questo abbia a che fare con Bertie, o Luigi per l'accaduto.>>

<<Pensavo fossi quella con la mentalità da

145

detective. Poirot non ne sarebbe rimasto colpito. Pensaci per un momento. Se Bertie avesse commesso un crimine, evasione di tasse o peggio e conosceva qualcosa che coinvolgeva il padre di Luigi. Ci sarebbe una ragione per la quale il signor Denaro avrebbe dovuto indurre Bertie al silenzio. Forse lui ha organizzato tutto? Forse lui sapeva troppo?>>

Janie si passò le dita tra i capelli e sospirò. <<Tu hai letto troppe storie di crimini e visto troppi film thriller.>>

Libby saltò su dalla poltrona e mise le mani davanti al viso di Janie, toccando un dito alla volta mentre contava. <<Uno - dobbiamo saperne di più su Bertie. Due – dobbiamo parlare con Luigi e chiedergli cosa sa degli affari di suo padre e tre...>>

<<Rallenta. So quanto ti ecciti quando sei in missione. Tutto quello che tu vedi è la tua occasione per un grande audace titolo, *'La morte in Tamarisk Bay conduce alla mafia'* con Libby Frobisher che prende una esclusiva e un'altra pacca sulla spalla dal suo capo. Ma non sarà così facile.>>

Janie ora si era alzata e teneva la mano imitando cosa aveva fatto la sua amica. <<Uno - Bertie è morto, così non ci può dire nulla. Due – la relazione di Luigi con suo padre è al limite inesistente, così ho i miei dubbi che vorrà collaborare, lasciandoci esattamente come prima. Nel frattempo, ho la sensazione che Jessica si senta in colpa per aver portato qui Luigi e Rosetta è completamente paranoica per la reputazione della sua pensione.>>

<<Oh, benedetta, Sì, mi sono dimenticata di Rosetta. Lei ha avuto un brutto periodo, vero?>>

<<Lei è così contro la polizia. Lei deve aver avuto un terribile scontro con loro, nel suo passato.>>

<<C'è un altro mistero?>>

Janie sorrise ed agitò il dito. <<Oh, no non devi. Per ora abbiamo già abbastanza di cui occuparci, senza cercare altro da investigare.>>

<<OK ascolta, ho un'idea.>>

<<Mi fai sempre preoccupare quando dici questa frase.>>

<<Ma questa è una buona.>>

<<E...?>> Janie piegò la testa da un lato e aspettò.

<<Io non ho ancora conosciuto Luigi. Perché non mi presenti e vediamo se posso tirargli fuori qualcosa. Un approccio diverso potrebbe fare la differenza?>>

<<E Ray non si dispiacerà che tu passi il tempo con un altro ragazzo? Che è un attraente italiano?>>

Il viso di Libby irruppe in un ampio sorriso. <<Lui capirà, specialmente se gli prometto di aggiornarlo.>>

<<No, questa volta tocca a me. Ma se ti piace essere la mia cassa di risonanza, allora torna tra circa un giorno e ti aggiornerò.>>

<<Buona fortuna allora.>>

<<Grazie, ne ho bisogno.>>

CAPITOLO 15

Martedì mattina - Tamarisk Bay

Janie aprì il suo armadio e scrutò la schiera di vestiti e gonne. Oggi era il giorno in cui aveva programmato di scoprire se poteva rientrare nel suo mini vestito preferito. Per mesi aveva fluttuato tra camicie oversize e abiti da maternità e per le prime settimane dopo la nascita di Michelle pensava che non avrebbe mai ripreso la sua figura snella. La sola possibilità che aveva avuto era stata fare gli esercizi che il medico le aveva suggerito. L'unico problema era che se Greg l'avesse trovata a farli l'avrebbe presa in giro senza smettere, fino a che entrambi si sarebbero sciolti in risate.

Prese un vestito di lana rosso dalla sua stampella e se lo posizionò davanti, ammirandosi nello specchio.

<<Questo dovrebbe andare bene>> lei borbottò a sé stessa, prima di buttare la camicia da notte sulla pila di vestiti da lavare che era sul pavimento della camera da letto, pronta per essere portata giù in cucina. Poi si vestì, trattenendo un po' il respiro mentre cercava di chiudere la cerniera lampo che aveva sul lato del vestito. Avvolgendo due sciarpe in una treccia, creò una fascia rossa e bianca, che mise sui capelli, rimboccando la frangia. Solo un filo rosso sembrava volesse sfuggire. Vestì Michelle con un abitino bianco e un giacchetto rosso, si mise davanti allo specchio di nuovo con sua figlia tra le braccia.

<<Che coppia facciamo. Dai andiamo a far visita alla tua prozia. Mostriamole che possiamo tenerle testa

quando parliamo della moda continentale.>>

Come se le rispondesse, Michelle si attaccò ai capelli di Janie, tirandoli sino a che Janie non spostò le sue dita.

Era un giorno dedicato ai vestiti.

<<Hai in mente un posto dove comprare vestiti?>> chiese Jessica, quando Janie andò verso la porta principale. <<Viaggiare leggeri va bene, ma questo significa che devo rifornire costantemente il mio guardaroba.>>

<<A noi andrebbe bene, vero Michelle?>> Janie sbirciò nella carrozzina per vedere se sua figlia si fosse svegliata.

<<Non pensare alle boutique, però. I miei acquisti sono strettamente limitati ai negozi di beneficenza.>>

<<Immagino che avrai molto da scegliere>> si inserì Philip, mentre entrava nel corridoio per salutare sua figlia.

<<Vestiti o negozi?>> chiese Jessica.

<<Entrambi.>> Risposero Philip e Janie simultaneamente, il che fece ridere tutti e tre, che a turno controllarono che non si fosse svegliata Michelle.

Tamarisk Bay era affollata di turisti. Coppie da Londra per il weekend di Pasqua, famiglie determinate a passare le vacanze scolastiche al mare, incuranti del tempo. Il parcheggio delle roulotte *The Haven*, situato tra Tamarisk Bay e Brightport era solitamente pieno durante la stagione delle vacanze. Janie aveva lavorato lì per un paio di stagioni al bar quando era nella sua tarda adolescenza. Tra pulire i tavoli e lavare i bicchieri le piaceva guardare i ragazzi locali che giravano intorno alla pista da ballo, aspettando i balli lenti e l'occasione di conoscere una ragazza che venisse da fuori città. Dopo aver conosciuto Greg lei lo stuzzicava per questo.

<<Non dirmi che non eri tentato. Un bacio veloce, poi ritornano a casa e tu stai già scegliendo la prossima ragazza dagli occhi che brillano che sogna una romantica vacanza.>>

<<Questo non ha bisogno neanche di una risposta ed io ho occhi solo per te.>>

<<Ah, tu dici sempre la cosa giusta.>>

<<Per cosa stai sorridendo?>> Jessica riportò Janie al presente mentre aspettavano sulle zebre che si fermasse una macchina.

<<Tu è papà andavate in giro al *The Haven* quando eravate ragazzi?>>

<<Non c'era quando eravamo ragazzi- ti dimentichi che siamo una coppia di vecchi compari.>>

<<Sciocchezze. Ti dico una cosa, che ne dici di andarci un giorno, te lo mostrerò. Ti piacerà. Ma prima dobbiamo risolvere questo problema di Luigi. La polizia gli ha preso il passaporto, non è una cosa positiva per lui.>>

<<Più tempo passo con lui più sembra essere un grande enigma. Sebbene enigma probabilmente non è la parola giusta, sembra troppo allegro e in questo momento tutto ciò che è successo da quando siamo arrivati è stato esattamente l'opposto.>>

Una volta attraversato il lungomare, Jane fece cenno a Jessica di tenere lei la carrozzina. Condividere ciò che ora sapeva sull'amico di sua zia sarebbe stato più facile senza doversi preoccupare di barcamenarsi tra pedoni e ciclisti. Il lungomare era più affollato del solito; l'inatteso sole aveva fatto uscire una folla desiderosa di sfruttarlo al meglio.

<<Jessica, Luigi ieri mi ha raccontato una storia veramente triste.>>

Sua zia smise di spingere la carrozzina e si girò verso Janie, poi loro continuarono a camminare mentre Janie raccontava a sua zia di Eloise, del soldato e tutto quello che le aveva confidato Luigi.

<<Non ne avevo idea. Non c'è da stupirsi che sia stato in difficoltà. Star seduto fuori mentre vedi la tua vita familiare andare a brandelli ti farebbe davvero confusione nella tua testa. Mi sento così male nel pensare che aveva così tanta tristezza da sopportare e non sia stato in grado di parlarmi. Ma lo ammetto, non sono mai stata brava con tutto ciò.>>

<<È stato probabilmente più facile con me perché non mi conosce.>>

<<Il non giudicarlo, questo incoraggia la confidenza.>>

<<Nemmeno tu.>>

<<Vivi e lascia vivere, questo è il mio motto.>>

Jessica stette in silenzio per alcuni momenti e poi disse <<Sembra brutto stare fuori per shopping sapendo quello che lui sta passando. E poi l'amico di suo padre muore e la polizia inizia a trattarlo come se fosse un sospettato. Penso si debba sentire come in mezzo ad un incubo dal quale non riesce a svegliarsi. Tu pensi che non abbia fatto nulla di sbagliato, Janie, vero?>>

<<Sto tenendo la mia mente aperta. Non penso che

sia un assassino, se è questo quello che stai pensando.>>

<<Mio Dio, che cosa terribile. Non avrei mai dovuto essere d'accordo quando mi ha chiesto di venire in Inghilterra con me. Non so cosa stavo pensando. Ad essere onesta non stavo pensando. Sono così abituata ad andare alla deriva ovunque mi porti la vita.>>

Alcuni minuti dopo raggiunsero il negozio Oxfam, che era tra un negozio di dischi e un fruttivendolo a metà strada sulla London Road.

<<Andare alla deriva va bene, ma ora godiamoci la nostra uscita per compere. Ci sarà abbastanza tempo per aiutare Luigi, ma prima lui deve accettare il fatto che ha bisogno di aiuto>> disse Janie, mentre aiutava Jessica a far passare la carrozzina oltre la soglia della porta. Potrebbe essere difficile come varcare questa soglia.>>

Jessica prese del tempo, girovagando nel reparto vestiti del negozio, facendo scorrere le stampelle sulla barra di metallo, scegliendo vari indumenti da vedere con più attenzione. Lei selezionò un vestito mini a quadretti bianchi e neri, mettendoselo davanti. Si tirò indietro i capelli e si mise in posa, il suo vestito di cotone indiano aveva l'orlo come le mini degli anni Sessanta.

<<Tu mi ricordi quelle bambole di carta con cui giocavo da bambina>> disse Janie. <<Ti rammenti? Tagliavo tutti i vestitini e poi piegavo le linguette di carta e li riattaccavo sulle bambole.>>

<<Oh, mi ricordo tutto. Tu le mettevi sempre in fila davanti a me. Uno dei tuoi giochi preferiti era, *'Guarda zia, la mia bambola sta andando a cavallo'*. E

mi ricordo quella volta che hai vestito una di loro come una sposa, in un bellissimo abito lungo bianco, con le scarpe rosso vivo. '*Non è stupenda, zia?*' Non avevo cuore di dirti delle scarpe.>>

<<E tuttavia cosa c'era di sbagliato in una sposa che indossava scarpe rosse?>> rise Janie.

Jessica si spostò verso un altro stand e tirò fuori un altro vestito, con la lunghezza alla caviglia e in crespo di cotone a righe, con le sfumature sul fondo arancio bruciato che si fondevano perfettamente con i toni ramati dei suoi capelli.

<<Perfetto>>disse Janie.

<<Mi fa ricordare Siena. Ti ci devo portare un giorno. È la più bella città che io abbia visitato.>>

<<Più bella di Roma?>>

<<È qualcosa a che fare con la luce. Non c'è da stupirsi che gli artisti la amino.>>

<<Tu dovevi essere un'artista. Ti immagino in un camice con una macchia di vernice sulla guancia. <<Janie pigiò la sua mano sulla guancia della zia. <<È bello averti qui, mi sei mancata.>>

<<Tu non hai avuto il tempo per pensarmi. Ti ricordi quando per la prima volta varcai la porta di casa di tuo padre e ti vidi in piedi, è strano dirlo ora, ma tu mi togliesti il fiato; fiduciosa, elegante, bella.>>

<<Difficilmente bella. È per questo che metto nei capelli fasce e sciarpe, aggiunge qualcosa di interessante al mio aspetto timido.>>

<<Non c'è niente di insicuro in te. Moglie, madre, bibliotecaria, investigatrice di successo. Non hai permesso che nulla ti fermasse ed io sono fiera di te. Ed anche tuo padre lo è.>>

<<Pensi che lui stia bene?>>

<<Tuo padre? Naturalmente, più che bene.>>

<<Ma lui non ha molte avventure.>>

<<Vivere tramite te può essere divertente. Lo tieni impegnato con le tue stranezze.>>

<<Ma riguardo all'amore? Forse gli manca la mamma? O forse vorrebbe poterla sostituire?>>

<<Tuo padre sta bene. Noi abbiamo parlato un po' da quando sono ritornata. Lui è contento di essere un nonno, avere Michelle intorno è come avere una miniatura di te. E tu sai che bravo fisioterapista è lui. Comunque, non hai sempre bisogno di persone per sentirti completo. Alcune volte i momenti più preziosi sono quelli quando tu puoi chiudere la porta sul mondo e sentire la musica, o soltanto sognare, senza essere disturbata. Lui ha anche Charlie, ricordatelo.>>

<<Grazie, Jessica.>>

<<Non mi devi ringraziare. Io ci sarò sempre per te e per tuo padre. Anche quando io sto viaggiando, io non sto mai a più di poche ore da qui.>>

Uscirono dal negozio *Oxfam,* Jessica aveva dato alcuni scellini per due caffetani, così come per l'abito arancione che aveva provato prima, e si diressero da *Jefferson.* Janie aveva promesso di pagare i caffè, a condizione che Jessica le raccontasse alcune degli avvenimenti più succosi delle sue avventure di viaggio.

<<Andiamo, raccontami della tua vita amorosa. Luigi non è stato il tuo primo fidanzato. Scommetto.>>

Jessica smise di spingere la carrozzina e si rivoltò a sua nipote. <<Luigi è *solo* un amico.>>

Una volta nel caffè, Janie diede a Richie la loro

ordinazione e raggiunse Jessica ad un tavolo vuoto che aveva abbastanza spazio intorno per la carrozzina. Jessica prese un'altra sedia e ci adagiò le buste delle compere.

<<OK, quindi chi altro ti ha affascinato? Alcuni dei greci e dongiovanni spagnoli?>> disse Janie tirando indietro la copertura della carrozzina. Nel caffè c'era fumo, l'odore del fumo delle sigarette misto con l'odore della pancetta fritta. Richie si avvicinò con due tazze di caffè, poggiandole sul tavolo, prima di stendere la sua mano verso Jessica. <<E tu sei...?>>

<<Jessica la zia di Janie>> lei disse, dandogli la mano e sorridendo quando lui la trattenne un po' più a lungo del necessario.

<<Ah, sì, l'inafferrabile avventuriera. Ora tutto ha un senso.>>

Jessica alzò un sopracciglio, inclinando la testa da una parte, aspettando che lui si spiegasse.

<<Tua nipote sta sempre sventolando cartoline in giro, raccontandoci dei tuoi viaggi in paesi lontani, facendoci ingelosire mentre noi stiamo affrontando un altro grigio giorno in Tamarisk Bay.>>

<<Richie ha dovuto sopportare i miei lamenti da Natale.>> Janie dondolò la carrozzina per calmare i brontolii di sua figlia.

<<È bello sapere di mancare a qualcuno>> disse Jessica.

<<Io per primo, spero che tu resti qui per un po'.>> Richie si voltò a metà ascoltando il tintinnio del campanello, che indicava l'arrivo di un altro cliente.

<<Chi lo sa? Non sono molto brava nelle pianificazioni>> rispose Jessica, ma Richie se ne era

155

già andato, era ritornato al bancone per prendere l'ordinazione del nuovo arrivato.

I mormorii di Michelle ora stavano aumentando costantemente di tono, facendo sì che Jessica guardasse nella carrozzina. <<Ha fame?>>

<<Non dovrebbe, non è ancora l'orario delle pappe. Penso che lei voglia delle coccole. Vieni qui, bellissima ragazza.>> Janie prese in braccio la bambina. <<Stiamo facendo una chiacchierata tra ragazze e tu vuoi farne parte, vero?>> Michelle rispose cambiando i suoi borbottii in gorgoglii che potevano facilmente essere scambiati per chiacchiere incomprensibili. <<Ah, guarda, sta partecipando. Dai su. Fidanzati? Dicci tutta la verità.>>

<<Ce ne sono stati alcuni, ma niente di serio. Eccetto Andreas. Lui pensò erroneamente che fossi il tipo da matrimonio.>>

<<Hai avuto una proposta? Non sei stata tentata?>>

<<Oh, non fraintendermi. Vivere in un villaggio della Grecia, salutarlo ogni mattina sulla sua barca da pesca, una capra da mungere nel cortile e un asino nella parte posteriore. Raccogliere manciate di origano selvatico e limoni dai nostri alberi. Sì, per un momento lo sono stata. Ma era veramente troppo perciò ho rinunciato.>>

<<Troppo cosa?>>

<<Se avessi detto sì, non sarei mai andata in Italia. Quando si prende una biforcazione sulla strada, è troppo difficile riandare nel senso inverso ed esplorare l'altra.>>

<<Tu pensi che io avrei dovuto aspettare per vedere l'altra biforcazione nella mia strada che la vita

aveva in serbo per me?>>

Jessica sorrise, allungando la sua mano verso Michelle, che ora stava iniziando a sonnecchiare nelle braccia di Janie.<<Cosa, e non avere questo angelo? È poco probabile.>>

<<E Luigi?>>

<<Tutti gli uomini italiani sono bambini. Le loro madri li fanno crescere così.>>

<<Così lui cercava qualcuna che gli facesse da madre e tu ci sei cascata?>>

<<Non assolutamente. Continuo a dirtelo, siamo sempre stati solo amici. In effetti, conoscenti sarebbe la parola migliore, specialmente dopo aver scoperto quanto poco sapevo di lui.>>

<<Avrà avuto le sue ragioni per non raccontarti della madre. Forse era troppo presto per parlartene quando vi siete incontrati la prima volta. E poi in seguito...forse non sapeva come intavolare il discorso.>>

<<Tutto quello che mi aveva detto era che lei era inglese ed ho pensato che era per questo che ci siamo correlati. Lui ha scoperto che venivo dalla costa sud. Lui aveva sempre voluto vederla ed ecco fatto. Credevo che volesse venire con me per questo motivo. Onestamente non ho mai pensato ci fosse niente di sinistro in questo.>>

<<Che dire adesso? Ora tu sai la verità.>> Janie osservò l'espressione di sua zia chiedendosi se non avesse parlato troppo.

<<Tu pensi che lui mi stia usando? Per qualche strano ulteriore motivo?>>

<<Perché non è venuto in Inghilterra da solo, anni

fa. Lui non è un bambino.>>

Jessica emise un sospiro. <<Cambiamo argomento, va bene. Io non conosco tutti i dettagli.>>

<<Tu ami le cause perse, vero?>>

<<Io?>>

<<Tu hai messo la tua vita da parte per aiutare mio padre a crescermi. Poi, finisci per prenderti cura dei figli degli altri, delle loro famiglie. Non hai mai desiderato una tua famiglia?>>

<<La tua vita ha seguito uno schema tradizionale. Innamorarsi, sposarsi, avere un bambino. Ha funzionato per te. Io ho avuto un destino differente, ma per me è stato perfetto. Sono stata libera di viaggiare, di fare delle amicizie, poi lasciarli indietro per fare spazio a nuovi amici, nuove esperienze. Mi piace la mia vita così come è.>>

Jessica fece una pausa per prendere respiro e Janie si alzò in piedi, si diresse dall'altra parte del tavolo e abbracciò sua zia. <<Dammi un abbraccio. Sono contenta che tu sia felice, che tu abbia trovato uno stile di vita adatto a te. Mi preoccupa che tu possa essere sfruttata; là fuori ci sono persone senza scrupoli.>>

<<E tu pensi che Luigi sia una di loro?>>

<<Non lo so, mi riservo di giudicare.>>

<<Prendiamoci un caffè appena fatto e poi è il mio turno per fare domande.>>

Janie sdraiò la bambina di nuovo in carrozzina ed aspettò.

<<Ti manca la biblioteca?>> Jessica fissò il suo sguardo su Janie.

<<Mi mancano le persone e le chiacchierate. Ma

Michelle ed io proviamo ad andare una volta a settimana da Phyllis per sapere tutti i gossip. Bene, non esattamente gossip. Non penso che Phyllis approverebbe.>>

<<Phyllis Frobisher. Ecco il nome che non mi è venuto in mente per anni.>>

<<Lei è stata la tua insegnante d'inglese, vero?>>

<<Phyllis deve essere stata l'insegnante d'inglese di tutta Tamarisk Bay. Lei ha insegnato a scuola per quaranta anni o più. Penso che sia per questo che ha imparato a non spettegolare. Quando tu conosci le famiglie come ha fatto lei tu sei costretto a conoscere alcuni segreti.>>

<<Noi possiamo andare a casa sua quando usciamo di qui se vuoi.>>

<<Sembra perfetto, sì, mi piacerebbe rivederla.>>

CAPITOLO 16

Martedì mattina - Villetta Lavender

Il furgone della libreria girava il lunedì, il mercoledì, e il venerdì e da quando Janie si era ritirata per qualche mese, Phyllis era ritornata al suo vecchio ruolo, quello che svolgeva dopo che era andata in pensione dalla scuola locale. Nei rimanenti giorni della settimana Phyllis si trovava sempre in casa, ad infornare, o facendo giardinaggio, o alcune volte si riposava con un buon libro.

La *Villetta Lavender* si trovava in una stradina nel cuore della parte vecchia di Tidehaven. Arrivando alla villetta, Jessica e Janie trovarono Phyllis nel giardino davanti, che cercava di mettere, intelligentemente, un laccio tra le clematidi rampicanti ed i chiodi messi sul muro della casa in modo da formare un reticolato.

<<Jessica Chandler, questa è proprio una bella sorpresa. Entrate. Janie, sii gentile e metti il bollitore sul fuoco, ma prima fammi coccolare la mia pronipote.>>

Janie passò la bambina nelle braccia di Phyllis e per un momento tutte e tre le donne guardarono il viso di Michelle. Janie fu la prima a parlare. <<Michelle Juke, tu ci fai perdere tempo. Lo sai, Greg ed io stiamo sempre a guardarla. È sempre una gara a chi scoprirà il suo primo sorriso.>>

<<Non fargli caso, Michelle>> disse Phyllis<<falli aspettare.>>

Con una caraffa di tè e la scatola di biscotti posata

su uno sgabellino in modo che ognuno potesse attingerci, Phyllis interrogò Jessica sul suo viaggio.

<<E tu infine dove non ti piacerebbe vivere?>>

Jessica ci pensò prima di rispondere, guardando Phyllis in modo interrogativo.

<<Tu dovevi essere qui per Natale. Janie mi ha deliziato con tutti i dettagli dell'organizzazione dei pasti e i regali scelti.>>

<<Lo so e mi dispiace per questo, ma i miei piani sono cambiati.>>

<<Così ora il pranzo di Natale è stato convertito in pranzo di Pasqua?>>

<<Qualcosa di simile>> disse Janie.

Phyllis aspettò, il suo sguardo andava da una all'altra. <<È successo qualcosa?>>

<<Con il tuo intuito avresti dovuto arruolarti in polizia invece che scegliere di fare l'insegnante>> disse Janie.

<<Oh, non ti preoccupare, il mio intuito è servito molto, individuando ogni sorta di crimini.>>

<<Rimproverandoci dolcemente quando eravamo nei nostri banchi, per aver copiato da qualche altro i compiti?>> disse Jessica.

<<E mi sembra che vi richiamavo quando entrambe in più di una occasione eravate colpevoli.>> Phyllis sorrise. <<Ora che cos'è che mi state nascondendo?>>

<<C'è stato un morto, alla pensione di Rosetta>> disse Janie.

<<Oh, quella povera donna. Tutti quei problemi con Hugh ed ora questo. Chi è morto?>>

<<Rosetta aveva invitato tutti noi per una cena il Venerdì Santo ed è successo proprio quella sera.>>

<<Non è avvelenamento da cibi. Spero? Lei non si perdonerebbe mai se i suoi spaghetti con le polpette con marchio italiano facessero morire qualcuno.>>

Jessica sorrise. <<No, il pover'uomo non ha avuto il tempo di mangiare nulla. Noi lo stavamo aspettando per iniziare a cenare e quindi Rosetta lo è andato a chiamare, lei è salita su nella sua stanza e lo ha trovato.>>

<<Un attacco di cuore?>>

<<Noi speriamo che lo sia stato.>> Janie riempì tutte le tazze dalla teiera, aggiungendo il latte facendone cadere un po' sul vassoio. <<Ma poi la polizia è venuta e ci ha interrogato tutti.>>

<<Con il piede sbagliato?>> disse Phyllis, prontamente.

Janie e Jessica la guardarono con fare interrogativo.

<<L'investigatrice diventa l'investigata.>>

Mentre finivano il tè e facevano man bassa nella scatola dei biscotti, Janie raccontò a Phyllis un po' di più sulle conversazioni avute con Luigi dalla sera del Venerdì Santo. Phyllis ascoltava, a volte annuiva. Poi lei suggerì di andare nel giardino del retro. <<Ho messo nel terreno alcune ceramiche, venite a vedere cosa ne pensate. Potrei arruolarvi per spostarle al posto mio. Non t'invecchiare Jessica, è molto limitativo.>>

<<Quando avrò la tua età mi basterebbe essere in forma la metà di quanto lo sei tu adesso. Sarei molto fortunata.>> disse Jessica, tirando su Michelle dalla carrozzina.

<<Non gli metti un cappellino su quella piccola testolina?>> disse Phyllis. <<Anche se è aprile, ma è ancora freddo.>>

<<Mi piace che le persone vedano i suoi riccioli>> disse Janie, arruffando con le dita i capelli di Michelle. <<La mamma di Greg non smette mai di farle cappellini a maglia, in verità lei ha più cappelli di quanti sono i giorni della settimana. Nell si presenta sempre con corredini da neonato, giacchetti, guantini. Sta avvenendo che mia figlia ha un guardaroba più esteso del mio.>>

<<È meglio che ti abitui. Quando sarà una ragazza prenderà i tuoi vestiti. O forse sarai tu che prenderai i suoi>> disse Phyllis, scherzando. <<Allora, Jessica, hai trovato nessun posto da confrontare con Tamarisk Bay?>>

<<Li ho confrontati tutti, alcuni favorevolmente, alcuni no.>>

<<E ne hai uno preferito?>>

Jessica sorseggiò la sua bevanda guardando lontano da Phyllis, come se mescolasse le immagini dei suoi ricordi nella testa.

<<Per ragioni differenti. La Spagna era selvaggia, balli musica, feste la maggior parte dei giorni e c'era anche una movimentata vita notturna. I greci vivono una bellissima vita semplice, tutta dedita alla famiglia. Loro vivono dei prodotti della terra e della pesca.>>

<<A un certo punto ti sei unita a una comune? Lo avevi accennato in una tua cartolina>> chiese Janie.

<<In realtà non era proprio una comune, eravamo solo un gruppetto, ci si aiutava uno con l'altro e ci

divertivamo.>>

<<Ammettilo, eravate ragazze anni Sessanta>> disse Janie, sorridendo.

<<Ah, non eravamo ragazze. Io avevo iniziato tardi, alcuni del gruppo che io ho bazzicato erano appena adolescenti. A trenta anni io ero virtualmente la più anziana, ma questo non mi impediva di divertirmi.>>

<<Sembra idilliaco>> disse Phyllis. <<Hai visto tanto dell'Italia? Io ho avuto la possibilità di visitarla all'inizio degli anni Cinquanta. Loro stavano lottando per riprendersi dopo la guerra, come stavamo facendo tutti noi. Ma le persone amavano la vita, è questo che mi ha colpito di loro. Quei banchetti che fanno, ognuno seduto intorno a un enorme tavolo di legno, dividendo il cibo e facendomi ridere infinitamente. Questi pranzi vanno avanti per ore. Questo mi fa sentire quasi nostalgica al pensiero.>>

<<So cosa vuoi dire. Agli italiani piace parlare, così in ogni posto che vai, in banca, all'ufficio postale, dal macellaio, tu impari ad essere paziente mentre senti le entusiastiche conversazioni relative a ogni cosa dalla cena della sera precedente al prossimo matrimonio.>>

<<Non il tempo?>> interruppe Janie. <<Quel nostro tipo di conversazione preferito.>>

<<Loro non hanno bisogno di parlare del tempo. La maggior parte dei giorni splende il sole, la primavera arriva all'inizio di marzo, i giorni sono sempre più caldi e non prima della fine di ottobre è abbastanza freddo per un cappotto. Anche se gli italiani avvertono il minimo calo di temperatura. È quasi buffo vederli avvolti nei loro giacchetti di lana in

aprile. E poi c'è la pioggia. Grandi acquazzoni temporaleschi che appaiono dal nulla e tempeste elettriche. Io potevo stare sul mio balcone, proprio fuori dalla mia camera da letto e vedere i lampi nel cielo. Tu potevi quasi sentirne l'odore quando stava per arrivare. Nell'aria risuonavano i tuoni ed il vento calava. Niente pioggia, ma esplosioni di lampi come lenzuola bianche attraverso il cielo. Era come avere un posto in prima fila al teatro con l'opera di Verdi, *Rigoletto* proprio di fronte a te. Poi i lampi passavano e c'era un grosso acquazzone per forse mezz'ora. Dopo di che ogni cosa odorava di fresco e nuovo. Era magico.>>

<<Tu avevi un balcone nella tua camera da letto?>> Nella mente di Janie apparve un'immagine, di una grande villa che fino ad ora aveva visto solo nelle riviste.

<<Io lavoravo in una famiglia. Il signor Dutti era un banchiere.>>

<<Un ricco banchiere, immagino?>> chiese Phyllis.

<<La maggior parte dei banchieri italiani sono ricchi>> rispose Jessica, sogghignante.

<<Tu passavi il tuo tempo con la famiglia?>> Phyllis si chinò per togliere alcuni fiori secchi dalle viole invernali.

<<Amavo quel lavoro. Con la signora Dutti avevo un buon rapporto, mi occupavo soprattutto di tenere i bambini puliti e indaffarati. E poi ho fatto amicizia con Luigi e venne fuori che suo padre si conosceva con i Dutti. Oh, io non lo so. Ad essere onesta, io sono solo una ragazza semplice che è contenta della vita semplice. Non avevo idea che l'amicizia con Luigi

avrebbe portato così tante complicazioni.>>

Phyllis mise la mano sul braccio di Jessica. <<Sembra che il tuo amico abbia un passato complicato? Posso darti un suggerimento?>> disse Phyllis, prendendo i nuovi germogli da un caprifoglio che si snodava attraverso il pergolato.

<<Tutti i suggerimenti sono ben accetti>> disse Janie, sorridendo.

<<Tu hai detto che Luigi ha telefonato a suo padre<< continuò Phyllis. <<Forse quando lui ritorna avrà delle risposte. Potrebbe sapere perché questo Bertie Williams era venuto a Tamarisk Bay.>>

Janie borbottò qualcosa sottovoce.

<<Cosa dici, cara?>>

Janie non voleva pensare alla camicia sporca di sangue e al problema costante che era in fondo alla sua mente che Luigi non le aveva ancora raccontato tutta la verità. Forse Phyllis aveva ragione. Una volta che suo padre arriva le cose sarebbero iniziate a diventare chiare.

<<Una cosa di sicuro>> interruppe Jessica<< se noi non facciamo qualcosa subito io ho una sensazione terribile che Luigi sarà interrogato di nuovo. Il DS Bright ha un tarlo nella sua testa su qualcosa, deve avere trovato prove e ha deciso che queste prove indicano un crimine, con Luigi che è il primo sospettato.>>

CAPITOLO 17

Martedì mattina - Stazione ferroviaria di Tidehaven

Per Robbie Golding il weekend di Pasqua era stato molto movimentato. Pieno di gitanti di un giorno che venivano a Tamarisk Bay e Tidehaven con i pullman, ma ce ne erano molti altri che preferivano il treno, quindi quella era l'occasione giusta per incrementare i suoi guadagni. Questo era il quarto anno che Robbie guidava il suo taxi e gli piaceva fare una immaginaria scommessa con sé stesso su chi avrebbe avuto bisogno di una corsa in taxi. Le persone arrivavano con le valigie che erano per lo più omaggi, e spesso famigliari o amici erano lì ad attenderli. Le persone anziane con i loro bastoni da passeggio erano i suoi preferiti. Loro erano sempre pronti a parlare con lui di tutto e tutti. Poi c'erano gli abituali e il loro ritrovo preferito era *The Dolphin*. Si era guadagnato una buona reputazione, con i londinesi che dicevano che lì si trovavano le migliori *fish* and *chips* nell'arco di miglia.

C'erano ancora le vacanze scolastiche, ma il martedì dopo il weekend festivo era destinato solitamente ad essere più calmo, ed in attesa di clienti aveva la possibilità di fare le parole crociate. Lui ne aveva risolto la metà prima che arrivasse il treno delle 10.05 da Charing Cross. Poggiò la penna e guardò il flusso costante dei passeggeri venire fuori dalla stazione.

L'ultima persona che uscì dal cortile esterno della stazione fu un signore alto, media età, indossava un pesante soprabito e un cappello di feltro, portava una piccola valigia di pelle in una mano e una ventiquattrore nell'altra.

<<Le occorre un passaggio, signore?>> Robbie sorrise al cliente, la cui espressione era di smarrimento. <<È venuto in vacanza?>>

Il cliente era silenzioso, mentre poggiava giù la sua valigia per riposarsi.

<<Andiamo in un albergo, vero?>> chiese Robbie.

<<Sì, un albergo, grazie.<< Disse l'uomo.

<<Ah, non parla la lingua, eh? Non c'è problema. Lasci che prenda la valigia e la porterò al *Royal*. È questo che le propongo.>> Robbie indicò all'uomo di sedersi dietro nel taxi, mentre lui metteva la sua valigia nel bagagliaio.

Dieci minuti dopo lo aveva portato davanti all'albergo *Royal Elizabeth*.

<<Eccoci arrivati, signore>> lui disse, uscendo dal taxi ed aprendo la portiera al suo cliente.

<<Quanto?>> chiese l'italiano, il suo forte accento fece aggrottare le sopracciglia a Robbie. L'aggrottamento sparì subito quando il cliente mise una banconota nella sua mano e gli fece cenno di tenere il resto. <<Il suo biglietto da visita, per favore? Se avessi ancora bisogno di lei.>>

<<Ah, sì, naturalmente.>> Robbie gli diede un bigliettino bianco e nero, contento di essersi ricordato di averne presi alcuni nel taxi. Era raro che gliene venisse chiesto uno. La maggior parte dei locali conoscevano il numero della stazione dei taxi a

memoria.

Un'ora dopo Robbie era di nuovo fuori dall'albergo. Non rinunciava a una così buona mancia. Se doveva lavorare un doppio turno. Tanto peggio.

<<Dove andiamo questa volta, signore?>> Robbie chiese.

Il cliente gli diede un foglio di carta con scritto un indirizzo.

<<Nessun problema, è solo un paio di minuti da qui. Le potrebbe far piacere andarci a piedi in un altro momento. Il percorso è piuttosto semplice.>>

Robbie accese l'autoradio e iniziò a canticchiare le canzoni di Simon e Garfunkel. Se il suo cliente non aveva voglia di parlare, doveva solo ascoltare il tipo di musica scelta de Robbie, gli piacesse o no.

Appena davanti alla porta della casa dei Chandler notò una scritta sulla porta.

<<Ah, sembra che il signor Chandler ha chiuso per le festività Pasquali. Sperava di prendere un appuntamento con lui? Noi siamo fortunati ad averlo qui a Tamarisk Bay. Non sono sorpreso che la sua reputazione si sia diffusa. Lo dicevo a mia moglie l'altro giorno, *siamo fortunati di avere questo signor Chandler.*>>

Robbie smise di raccontare la sua storia quando qualcuno bussò sul finestrino del guidatore. L'italiano aveva in mano una banconota, in attesa di pagarlo.

<<Oh, no, signore, non viene così tanto. Come le ho detto, è stato un breve percorso. Aspetti che le do il resto.>> Prese la banconota e si girò per prendere il portamonete nel portaoggetti. Quando alzò di nuovo

lo sguardo il suo cliente era andato davanti alla porta dello studio di fisioterapia e stava suonando il campanello.

<<Vado via allora>> borbottò tra sé Robbie.

Come Philip Chandler aprì la porta sentì il taxi che andava via.

<<Posso aiutarla?>> disse, tenendo per il collare Charlie che cercava di sniffare la persona che era sulla porta d'entrata.

<<Sto cercando mio figlio, Luigi Denaro. Sono Alberto Denaro. Lui mi ha dato questo indirizzo.>> L'italiano parlava lentamente, incespicando su ogni parola. Il suo inglese era buono, ma ci voleva un po' perché fosse elaborato dalla sua mente. Per le sue prime ore in Inghilterra lui cercò di formulare le frasi nella sua testa prima di dirle ad alta voce.

<<Signor Denaro, entri là prego. Scusi, non sapevo del suo arrivo. Lo sa Luigi che lei è qui?>>

L'italiano seguì Philip lungo il corridoio e nel salotto.

<<Prenda una sedia prego, posso offrirle da bere? Caffè o tè?>>

Alberto guardò Philip mentre si faceva strada tra i vari mobili sparsi per la stanza, la sola cosa che indicava la sua cecità era il cane che camminava attaccato a lui.

<<Niente, grazie, mio figlio è qui?>>

<<No. Lui sta in una pensione qui vicino. Gli telefono se vuole. Sono sicuro che lui sarà contentissimo che lei sia qui.>>

<<No, non lo sarà.>> Alberto scelse di sedersi accanto al fuoco e guardò Philip che si sedeva di

fronte a lui, con il cane che si sdraiava poggiando la testa sui piedi di Philip. <<Le sarei grato se lei potesse telefonargli.>>

Philip si alzò, segnalando a Charlie che dovevano andare nel corridoio. Stava davanti al tavolino del corridoio e compose il numero della *Pensione Summer.* Rosetta rispose al telefono dopo il primo squillo. <<Io non ho visto Luigi questa mattina, ma metterò un appunto nella sua camera>> lei disse a Philip.

Ritornando in salotto, Philip spiegò <<Sembra che dobbiamo aspettare un po' perché Luigi venga. È sicuro di non voler qualcosa da bere? Perché non viene in cucina, possiamo parlare mentre aspettiamo che si scaldi il bollitore?>>

Forse era la barriera linguistica, o un altro tipo di barriera, che impediva una facile conversazione tra i due uomini. Indipendentemente dal motivo, Philip fu sollevato quando sentì suonare il campanello della porta che indicava l'arrivo di Luigi. Lui lo fece entrare, dicendogli di seguirlo in cucina.

Senza poter vedere Philip aveva imparato ad usare il suo udito con grandi risultati. Era abbastanza facile dire dove fosse qualcuno quando parlava, ma in questa occasione fu il silenzio tra padre e figlio che gli disse molto di più.

<<Perché non andate entrambi nel salotto? Sarà più comodo per voi parlare. Io ho alcune cose da fare nella mia stanza dei trattamenti, se mi volete scusare?>>

Non era possibile sapere se fossero grati per il suo ritiro perché nessuno dei due rispose. Charlie seguì

Philip nella stanza, dove in verità non aveva nulla da fare, ma era sollevato di essere lontano dalla tensione che c'era tra i due italiani.

<<Il tuo amico è morto e tu sei venuto. Peccato che non hai potuto dimostrare lo stesso livello di preoccupazione per tua moglie.>>

Luigi sputò le sue parole evitando lo sguardo di suo padre.

<<Non lo so cosa vuoi che io ti dica.>>

<<Tu hai rovinato la vita di mia madre ed ora vuoi rovinare la mia. Se tu non avessi mandato Bertie a seguirmi lui non sarebbe morto ed io non sarei un sospettato.>>

<<Perché tu sei un sospettato?>>

<<La polizia, pensa che io abbia fatto qualcosa. Loro mi hanno interrogato due volte ed ora mi hanno tolto il passaporto. Hanno paura che fugga.>> Luigi fissò suo padre, facendo un profondo respiro prima di continuare. <<Tu hai pensato che avessi preso qualcosa dal tuo studio, qualcosa che ti potrebbe mettere nei guai, così hai mandato Bertie a seguirmi per riprendersela. Non potevi farlo da solo il tuo lavoro sporco.>>

<<Luigi, ti stai sbagliando>>

<<Tu lo sapevi che ero stato io. La notte che la mamma morì. Pensavi che avessi scoperto i tuoi sporchi segreti.>>

<<Io non ho sporchi segreti come stai dicendo tu. Sì, lo sapevo che eri passato nel mio studio – sapevo che potevi essere stato solo tu. Ma io non avevo nulla da nascondere. Qualsiasi cosa pensavi di trovare, non c'era nulla di importante.>>

Luigi strinse i pugni così forte che le sue nocche erano bianche. «Tu giri tutte le cose a tuo favore, lo hai sempre fatto.»

«Mi odi così tanto?» Alberto andrò verso il caminetto, prendendo un soprammobile dalla mensola del camino. Era un oggetto di vetro, era un paesaggio invernale e se lo scuotevi cadeva la neve.

«Lei si è uccisa per quello che tu hai fatto. Ti odio? Sì, ti odio.» Luigi strillò, mentre suo padre gli voltava ancora le spalle.

«Io amavo tua madre. Sono solo dispiaciuto che non l'ho potuta far felice.» Alberto parlava come se stesse parlando con sé stesso, discutendo con le sue memorie.

Per alcuni momenti ci fu un silenzio nel quale ognuno dei due uomini era assorto nei propri pensieri.

«Tu sei stato quello che l'ha trovata» continuò Alberto. «Quella immagine deve averti perseguitato.»

Lui si girò di fronte a suo figlio, ma Luigi era attento a sfuggire il suo sguardo.

«Io ero convinto che tu avessi un'amante, ecco perché ho rovistato nel tuo ufficio.» Il tono di Luigi era pieno di dispetto e rabbia.

«Non avevo un'amica. Io e tua madre avevamo un buon rapporto appena sposati.»

«E cosa? Quando io sono nato ho rovinato ogni cosa? Mi devo incolpare per la sua disperazione? Per il fallimento del vostro matrimonio?» Luigi batté i pugni sul bracciolo del divano facendolo tremare.

«No, *figlio mio*. Non ti devi incolpare di niente. Non

è stata colpa tua se tua madre è morta e non è colpa tua la morte di Bertie.>> Alberto fece una pausa aspettando che le sue parole venissero assimilate. <<Lo so che tu non l'hai ucciso, lo so mio figlio non è un assassino.>>

<<Non lo hai mandato tu Bertie qui in Inghilterra?>> Per la prima volta nella loro conversazione Luigi sostenne lo sguardo di suo padre.

Alberto si sedette ed allungò la mano sul tavolo verso suo figlio. <<No>> disse, la sua espressione confermava la sua risposta.

<<E allora perché è venuto? Come sapeva che io ero qui a Tamarisk Bay?>>

<<Io sinceramente non lo so. Lui deve aver avuto le sue ragioni per venire qui. Facciamo una passeggiata e parliamo ancora. Il signor Chandler ci ha ospitato già abbastanza a lungo.>>

<<Io non ho niente da dirti.>>

Philip aveva la radio accesa, lasciando che la sua favorita stazione di musica classica lo rilassasse. Il volume era basso, così quando sentì sbattere la porta sobbalzò, e Charlie cominciò ad abbaiare.

<<Shh, Charlie. Andiamo, vediamo cosa succede, andiamo?>>

Ritornando in salotto Philip sentì dei passi che camminavano sul tappeto. <<È tutto a posto? Ho sentito la porta, ho pensato che forse avevo un'altra visita?>> Lui sorrise, sperando di mantenere il tono della sua voce il più tranquillo possibile.

Fu il signor Denaro padre che gli rispose. <<Mio figlio se ne è andato. Mi dispiace che l'abbiamo

disturbata.>>

<<Penso che Luigi sia ritornato alla pensione.>>

<< Sì, Signor Chandler, mio figlio è molto arrabbiato con me.>> Lui stava in piedi accanto al caminetto, guardando le foto in cornice che erano allineate sopra la mensola del camino. Una delle foto era di Greg e Janie nel loro giorno del matrimonio. Lui prese la foto, passando le sue dita distrattamente sopra la cornice, prima di rimetterla cautamente nello stesso posto dove era prima.

<<Arrabbiato perché lei è qui in Inghilterra?>>

<<In Inghilterra, in Italia, è lo stesso.>> La sua voce esprimeva uno scoraggiamento che Philip lo avrebbe visto riflesso sul suo volto, se fosse stato in grado di farlo.

<<Se lei pensa che possa aiutare, io sarei felice di parlare con lui.>>

Sotto lo sguardo solo di Charlie, Alberto si diresse verso la porta. <<Grazie ancora per la sua ospitalità. Ora devo andare.>>

<<Lei ha dove stare?>>

<<Sono all'albergo *Royal Elizabeth*. Devo occuparmi di una sistemazione per un socio di affari. Starò lì per qualche giorno. È stato un piacere incontrarla, signor Chandler. *Arrivederci.*>>

CAPITOLO 18

Martedì pomeriggio - La famiglia Chandler

Quel pomeriggio un po' più tardi, Jessica e Janie andarono via dalla villetta di Phyllis e ritornarono a casa di Philip.

<<A Michelle manca suo nonno>> disse Janie, sistemando la bambina nelle braccia di Philip. <<Siamo state da *Jefferson* per presentargli Jessica e sembra che lei abbia quasi fatto colpo su Richie>> disse Janie sogghignando. <<Poi siamo andate direttamente da Phyllis.>>

<<Come sta?>> disse Philip, gingillando un po' la bambina, e venendo ricompensato con un gorgoglio.

<<Lei è stupefacente, ecco quello che è>> replicò Jessica. <<Sono passati dici anni ed è appena invecchiata. Quella donna è un esempio. Come è andata la tua giornata?>>

<<È stata interessante.>>

<<Cosa ci siamo perse?>> Janie aprì il frigorifero e prese alcuni piatti di avanzi della cena della sera precedente.

<<Il padre di Luigi è qui. Soggiorna al Royal Elizabeth.>>

<<Quindi è venuto subito. Hai capito qualcosa della loro conversazione?>>

Philip scosse la testa. <<Loro hanno avuto una discussione e Luigi è fuggito via. Non deve essere

stato facile per il signor Denaro.»

«Anche io sarei un po' arrabbiata se mio padre avesse reso mia madre così infelice da porre fine alla sua vita.»

«C'è sempre un'altra faccia della medaglia in tutte le storie» disse Jessica. «Mi piacerebbe incontrare il signor Denaro, vedere se riesco a svelare alcuni dei misteri che riguardano la famiglia Denaro.»

«Non sono sicuro che ci dovremmo intromettere.» Philip cullò avanti e indietro Michelle mentre lei iniziava a piangere.

«Noi siamo già coinvolti, papà. Jessica ha ragione. Mangiamo velocemente qualche sandwich, poi possiamo fare una passeggiata verso l'albergo, ci presentiamo e ci offriamo di fargli fare un piccolo giro per vedere Tamarisk Bay. Non c'è nessun problema a dimostrarsi amici, vero?»

Avendo fatto un buco nell'acqua all'albergo, Jessica e Janie spinsero la carrozzina verso la pensione *Summer*. Rosetta confermò che Luigi era entrato come una furia, nella tarda mattinata, ed era andato direttamente nella sua stanza.

«Possiamo salire?» chiese Janie, prendendo Michelle in braccio.

«Lascia la bambina con me» disse Rosetta. «È una buona scusa per me per sedermi e riposarmi un po'.»

Janie bussò piano alla porta e quando non ebbe risposta bussò di nuovo più forte.

«Andate via» la voce di Luigi sembrava ovattata.

«Stiamo entrando» disse Jessica, aprì la porta e

trovarono Luigi steso sul letto, che gli voltava le spalle. Lei prese una sedia in una parte della stanza e fece il gesto a Janie di sedersi. <<Cosa sta succedendo Luigi? Philip ci ha detto che tuo padre è qui. Noi siamo andate all'albergo per incontrarlo, ma lui era uscito. Voi due avete avuto un litigio?>>

<<Noi litighiamo sempre>> Luigi mise giù le gambe dal letto e si sedette. Il suo viso era bagnato, i capelli scompigliati.

<<Tu gli hai chiesto di venire e lui è venuto>> disse Janie. <<Dovresti esserne contento.>>

<<Lui è venuto per Bertie, non per me.>>

Passarono alcuni momenti nei quali nessuno parlò. Poi Janie disse <<Bertie aveva una famiglia in Italia?>>

Luigi si alzò in piedi, ricoprì il letto con la sopraccoperta e sistemò le pieghe. Poi si risedette sul bordo del letto.

<<In Inghilterra?>> chiese Jessica.

<<Penso che avesse una sorella. Dovrebbe vivere nell'Inghilterra del nord da qualche parte. Ne so molto poco di lui. Come ho detto, era un socio in affari di mio padre.>>

Jessica andò alla finestra, guardando fuori il giardino del retro.

<<Luigi>> Jessica andò verso di lui, bloccando la vista della finestra, forzandolo a concentrarsi su di lei. <<Noi siamo tue amiche, ma qualunque cosa tu abbia fatto peggiorerai le cose mentendo.>>

<<Voi dite di essere mie amiche, ma mi chiamate bugiardo.>> Lui saltò giù dal letto e affrontò a viso aperto Jessica. <<Tu non sai niente di me. Non ho fatto

niente di sbagliato. >>

<<Allora dimostralo>> disse Janie, andando accanto a Jessica. <<Raccontaci cosa è successo la notte che Bertie è morto.>>

Lui le oltrepassò, senza rispondere. Lasciandole senza parole fino a che il pianto di Michelle ruppe il silenzio.

Dopo alcuni momenti Janie e Jessica ritornarono nel salotto dove Rosetta stava cantando qualcosa in italiano a Michelle, che sembrava contenta di ascoltare.

<<Cosa le sta cantando?>> Janie sussurrò mentre si avvicinarono.

<<Forse è una preghiera. Sembra l'Ave Maria.>>

Rosetta fece silenzio mentre si avvicinavano, dando Michelle alla madre.

<<Era una ninnananna quella che le cantavi?>> disse Janie.

<<Una canzone che mi cantava sempre mia madre. Lei cantava molto bene. Anche mio padre. Alcune volte la sera, dopo cena, lui ci cantava pezzi della *Boheme*. Ma la mia voce è come una rana. Non è vero Michelle, tua zia Rosetta non canta, gracchia.>>

Michelle in risposta fece un gorgoglio.

<<Non penso che fosse d'accordo>> disse Janie, ridendo.

Rosetta ridiede Michelle a Janie, poi allungò le braccia come se fosse contenta di non avere più la responsabilità di tenerla. La sua espressione era severa. <<Avevo due ospiti, Luigi e il signor Williams>> disse, scuotendo la testa. <<Ora uno è morto e l'altro, bene, preferirei che trovasse un altro posto dove

stare.>> Alzò il tono della voce, svegliando Michelle, che iniziò a piangere.

Janie e Jessica si scambiarono uno sguardo.

<<Vuoi che se ne vada?>> disse Janie.

<< Sì, sarebbe meglio. Lui non è contento. Io non sono contenta. Vorrei stare in pace. Mi capisci?>>

<<Vuoi che glielo dica io?>> disse Janie.

<<Sì grazie. Mi dispiace, ma voglio stare da sola.>>

Janie e Jessica parlarono della conversazione avuta con Rosetta, mentre ritornavano a casa di Philip.

<<Ad essere onesti, abbiamo sbagliato sino ad ora a non consigliare Luigi di cambiare posto>> disse Janie.

<<Noi abbiamo ancora dubbi su di lui e averlo lasciato con Rosetta, non è stato carino nei suoi confronti.>>

<<Cosa suggerisci di fare ora quindi? Lui si sentirà come un pacco portato in giro. Sebbene in realtà se le è voluta non essendo stato molto aperto con noi.>>

<<Se tornasse a stare con te e mio padre, in fine tu potresti tenerlo d'occhio. Non possiamo aspettarci che stia con suo padre, al *Royal Elizabeth*. Tuttavia, ci sto pensando>> disse Janie continuando una conversazione interna che stava facendo con sé stessa. <<Ora che è finito il weekend di Pasqua la polizia dovrebbe avere i risultati dell'autopsia.>>

<<Dubito che la polizia lo condividerà con te. Vorranno solo dirlo ai parenti prossimi.>>

<<Ma se non ci sono parenti stretti, cosa succede? Che dici se vado con il signor Denaro alla stazione di polizia?>>

Jessica si chinò verso la carrozzina. <<Michelle, tua madre è una tosta con cui fare i conti. È meglio che tu cresca in fretta per controllarla.>>

<<Sto solo cercando di essere utile.>>

<<Ah, in questo caso... Penso che Greg ha rinunciato a cercare di contenere l'entusiasmo di sua moglie per l'investigazione amatoriale.?>>

<<Come ho detto, sto solo cercando di essere utile>> disse Janie, sogghignando.

Dopo aver lasciato Michelle con Jessica e Philip, Janie raggiunse il signor Denaro al suo ritorno in albergo. Lui aveva fatto una breve passeggiata sul lungomare, cercando di elaborare la via migliore per provare a suo figlio che era dalla sua parte.

Quando entrò nell'albergo Janie riconobbe immediatamente il padre di Luigi. Aveva le sue stesse caratteristiche, la fronte profonda e nonostante i guizzi d'argento che attraversavano i suoi capelli, era facile capire perché Eloise era stata colpita da lui per tutti quegli anni.

Janie si presentò e strinse la mano di Alberto.

<<Mi potrebbe aiutare?>> lui disse e lei ripensò al momento in cui Hugh Furness le aveva chiesto la stessa cosa, nei mesi precedenti, prima che nascesse Michelle.

<<Andiamo insieme alla stazione di polizia>> lei disse in risposta.

Alberto decise che avrebbe apprezzato questo incontro più di ogni altro. La polizia aveva informazioni che gli servivano. Suo figlio era sospettato e ancora non era stato accertato un crimine. Se si fosse trovato a casa, in Italia, avrebbe fatto un paio di telefonate e avrebbe risolto tutto. Avrebbero restituito il passaporto a Luigi che sarebbe stato libero di partire. Inoltre, ci sarebbero state anche delle scuse.

Questo era quello che si aspettava quando entrò nella stanza degli interrogatori e si sedette accanto a Janie. Il Sergente Detective Bright si accomodò di fronte a loro, con la sua matita pronta, un pacchetto di sigarette da un lato del taccuino, e un posacenere traboccante dall'altra parte.

Ma quando Alberto e Janie riuscirono sotto il sole splendente dopo circa un'ora e mezza, non si era risolto nulla. Invece, Alberto era stato sottoposto ad una raffica di domande circa la sua società con Bertie Williams e il coinvolgimento di suo figlio negli affari.

C'era stato un momento in cui Alberto non aveva potuto trattenersi. Il DS Bright gli aveva chiesto della sparizione della valigetta di Luigi. Alberto era certo che il detective stava insinuando che suo figlio si era inventato l'esistenza della valigetta.

<<Lei mi sta dicendo che mio figlio è un bugiardo. Non voglio più sentirlo>> disse, la sua voce rimbombò ad un tratto nella stanza interrogatori. Fu solo dopo che Janie gli aveva posato la mano sulla spalla che fu in grado di riprendere il controllo.

Alla fine dell'interrogatorio Janie chiese notizie dell'autopsia.

<<Il signor Denaro vorrebbe sapere la causa della morte del signor Williams. Loro erano amici da tanti anni. Lui ha il diritto di saperlo.>>

<<Il signor Denaro non ne ha il diritto. E neanche

lei, signora Juke. Tuttavia, vi posso dire che l'autopsia è stata inconcludente. Ne ho chiesta un'altra.>>

<<Inconcludente. Che cosa vuol dire?>>

<<Esattamente quello che ho detto. Al momento non possiamo essere certi delle cause del decesso. Fino a che non avremo più informazioni sto pensando a largo raggio.>>

<<Così mio figlio è ancora sospettato?>> disse Alberto.

<<Il mio consiglio, signore, è di raccomandare a suo figlio di raccontarci tutta la verità circa i suoi movimenti di venerdì sera.>>

<<Lui non ha fatto nulla di male.>>

<<Quindi non ha niente da nascondere.>>

<<Grazie per essere venuta con me oggi.>> Alberto allungò la mano. Con una veloce stretta di mano e un cenno del capo, si girò e si diresse verso la via per tornare in albergo. Nei venti minuti di cammino per ritornare a casa di suo padre, Janie ebbe il tempo di rimuginare sugli eventi sino ad ora accaduti.

Il DS Bright aveva chiaramente qualche ragione per sospettare Luigi. Lo sospettava solo di essere bugiardo, o per qualcosa di peggio? Il sangue sulla camicia di Luigi ancora la faceva preoccupare. Il suo istinto le diceva che c'era una semplice spiegazione per questo, ma se avesse condiviso con la polizia la scoperta avrebbe fatto trovare Luigi in guai peggiori. Era una difficile linea da percorrere tra proteggere l'amico di sua zia e trattenere potenziali prove. *La prova c'è solo se c'è stato un crimine.* Lei doveva temporeggiare sino a che fosse finita la seconda

autopsia. Se la polizia faceva la prossima mossa, forse
avrebbe anche arrestato Luigi, ma sarebbe successo
solo dopo essere stati sicuri che Bertie Williams era
stato ucciso.

CAPITOLO 19

Mercoledì - la famiglia Chandler

Philip si sdraiò nella sua poltrona preferita e posizionò i piedi in modo che Charlie potesse mettere la sua testa tra di loro. Alla radio trasmettevano *Desert Island Discs* e quando misero uno dei suoi dischi preferiti di Frank Sinatra picchiettò con le dita a tempo di musica sul bracciolo della poltrona.

Oggi non aveva appuntamenti. Aveva deciso di chiudere lo studio per qualche altro giorno extra dopo la Pasqua per passare più tempo con Jessica. Ma ora che era tornata, sembrava che i problemi l'avessero seguita.

Gli anni della prima infanzia erano stati spensierati. Lui si ricordava che passava ore a calciare in giro il pallone con la piccola Jess che cercava di prenderglielo. Qualsiasi cosa provava a fare Philip, la sua sorellina cercava di copiarlo. Ma con cinque anni di differenza fra loro lui spesso aveva un gran da fare per toglierla dai pasticci. Come quella volta che lui aveva scalato l'albero di melo dei vicini di casa, e si era reso conto, senza riuscire a fermarla, che Jess cercava di salire alle sue spalle. Ancora ricordava il suo terrore quando l'aveva vista cadere da uno dei rami bassi, con un grido che aveva fatto correre fuori la madre, pensando che qualcuno fosse morto.

Quando Philip si era arruolato, Jessica era ancora troppo giovane per lavorare, anche come volontaria. E, fortunatamente, quando lei fu grande abbastanza, la guerra era finita.

Dopo molte insistenze di Philip, Jessica si persuase a frequentare un corso di segretaria. Ma anche Philip ammise che era stato uno sbaglio. Lei era troppo irrequieta per fare un lavoro in un ufficio e troppo indipendente per essere una buona segretaria. I loro genitori avevano riso quando Jess gli aveva raccontato della conversazione che aveva avuto in uno e unico colloquio di lavoro come dattilografa.

«Immagino che il posto mi si adatta molto bene» lei aveva detto verso la fine di quel colloquio, e l'intervistatore le aveva risposto «lei farebbe bene a lasciare la sua immaginazione a casa, signorina Chandler. Non c'è il tempo di sognare in questo lavoro.»

Inutile dire, che era stato un insuccesso.

L'attenzione di Philip fu richiamata al presente quando Charlie alzò la testa dai suoi piedi. Anche senza quel movimento, i sensi di Philip erano acutizzati in modo così preciso che rilevava rapidamente quando qualcuno entrava nella stanza.

«Jess, vieni siediti con me, chiacchieriamo un po'. Spegni la radio se vuoi.»

Jessica sprimacciò il cuscino in una delle poltrone, sedendosi davanti a Philip.

«Un po' tempestosi questi pochi giorni per te. Non è il miglior ritorno a casa.» Disse Philip, allungando la sua mano verso la sorella.

«Volevo mostrare a Luigi i posti dove sono cresciuta, pensando che mi avrebbero ricordato i vecchi tempi. Ma ora, con quello che è accaduto, non mi sento di passare del tempo con lui ad essere onesta.>>

<<È un'anima tormentata, ma lui ha avuto molti problemi. Janie mi ha detto della madre. Lui è la persona che l'ha trovata – non so come si può uscirne da una cosa come questa.>>

Jessica prese la mano del fratello nelle sue e la strinse. <<Io sono stata così fortunata, Phil. Io ho avuto una botta di fortuna in questi ultimi nove anni.>>

<<Dopo tutti quegli anni che hai dedicato ad accudirci, hai meritato i tuoi anni di libertà. Tu hai rinunciato a tanto per noi, Jess.>>

<<Non ho rinunciato a niente. Sono stata bene quando ho vissuto con voi due. Non ti ricordi, tutte le estati che passavo in piscina. Janie andava a scuola e tu seguivi i corsi di fisioterapia ed io oziavo in giro, tra prendermi il sole e fare i tuffi dal trampolino.>>

<<Tu hai sempre amato le sfide.>>

<<Nei miei viaggi ho incontrato alcune persone amabili, avventuriere come me. Cercavano la vita semplice. Ho girato, ho dormito sul divano di amici, su spiagge, anche sul pavimento di qualcuno una volta. Quasi non avevo bisogno di denaro, il cibo era così a buon mercato, tutto quello di cui avevo bisogno era il necessario per acquistare i biglietti degli autobus o treni per andare al prossimo posto, così quando mi mancavano i soldi facevo qualche lavoro. Commessa, cameriera, aiutai anche un amico a vendere panini su una spiaggia in Spagna. Poi viaggiai in giro per l'Italia per un po', e quando arrivai a Roma ebbi un colpo di fortuna. Avevo sentito di una famiglia che aveva bisogno di una bambinaia. Loro volevano qualcuno che oltre ad occuparsi dei bambini, facesse

anche un po' di lavori in casa.>>

<<Sembra perfetto>> disse Philip.

<<Sì, una famiglia amabile. Io vissi lì, potevo usare anche la loro macchina. Il signor Dutti era un banchiere e la famiglia aveva un bellissimo appartamento al centro di Roma e una villa ad Anzio; tu sei stato lì durante la guerra, vero? Anche se dubito che tu ora la riconosceresti; è così graziosa, le fontane e le piazze, le spiagge di sabbia, e i ristoranti di pesce.>>

<<Hai ragione. Non è la Anzio che io mi ricordo<<disse Philip <<e grazie a Dio per questo.>>

<<Essendo così vicina a Roma è perfetta per le famiglie italiane che vogliono avere un posto di mare per le lunghe vacanze estive. Spesso la madre li portava sulla costa per tutti e due i mesi ed il padre li raggiungeva nei weekend.

<<E tu hai conosciuto Luigi alla villa dei Dutti?>>

Jessica rifletté un attimo prima di rispondere quindi disse. <<Ho conosciuto Luigi per caso. Ero con la famiglia alla loro villa di Anzio. I bambini stavano imparando entrambi a suonare il piano, così li portavo a casa dell'insegnante ogni giovedì ed io avevo un'ora per me stessa. Ero andata alla fine del porto a guardare i pescatori che aggiustavano le loro reti. Poi ero entrata nel mio bar preferito a prendere un cappuccino e vedere la gente. L'eleganza delle persone italiane mi affascinava. Loro possono rendere gli abiti più semplici come se fossero appena scesi da una passerella.>>

<<E Luigi era un cliente del locale?>>

<<No, lui aiutava nel bar. Mario, il proprietario, è un

suo buon amico. Devi sapere che in Italia conta chi conosci, e no cosa sai fare.>>

<<Noi qui potremmo chiamarlo nepotismo.>>

<<Ma per loro è un modo di vivere. La famiglia è tutto. Comunque, sentii Luigi parlare inglese con uno dei clienti e fui stupita dal suo accento, o piuttosto la mancanza di questo. Così iniziai a parlare con lui e da lì abbiamo fatto amicizia. Quando venne fuori dove vivevo ed ero cresciuta lui fu affascinato. Aveva sentito parlare tanto dell'Inghilterra, naturalmente, da sua madre, ma lui non c'era mai stato. Devo ammettere, che pensai fosse un po' strano.>>

<<Perché venire in Inghilterra quando hai tutta l'Italia da vedere. Suppongo che molti europei del sud finiscono per rimanere nel loro paese per tutta la vita. Siamo solo noi dai paesi ghiacciati del nord che siamo tentati dal sud da tutto quel sole.>>

Loro risero entrambi per un momento poi Jessica continuò.

<<Ho capito cosa vuoi dire. Tuttavia, quando andavo da Mario m'imbattevo spesso in Luigi, e parlavamo. Suppongo che vista dal di fuori la nostra amicizia è inusuale, ma c'è qualcosa in lui, una vulnerabilità. Qualche volta lui mi raggiungeva mentre passeggiavo lungo il porto. Mi faceva sempre domande sull'Inghilterra. Poi dopo poco che lo avevo conosciuto, la famiglia Dutti diede una grande festa per le loro nozze d'argento, e mi invitarono.>>

<<Tu invitasti Luigi?>> chiese Philip.

Jessica spostò il piede un po' mentre cercava di non disturbare Charlie.<<No, ma lui era lì. Noi iniziammo a parlare e venne fuori che lui conosceva

da anni la famiglia. Apparentemente, suo padre e il signor Dutti erano soci in affari.>>

<<Sembra che la maggior parte degli italiani erano soci in affari del signor Denaro. E tu hai conosciuto il padre di Luigi alla festa?>>

<<No, ho la sensazione che le feste non sono realmente nei pensieri del signor Denaro. Ad essere onesta non sono sicura di sapere perché Luigi era lì. Lui in realtà non parlò con nessuno tranne che con me, passò la maggior parte del tempo seduto in veranda, il più lontano possibile dai festeggiamenti. Poi un paio di settimane dopo la festa la signora Dutti mi convocò nel salotto. I bambini erano fuori a giocare. Lei mi disse che era molto dispiaciuta, ma doveva dirmi di andarmene.>>

<<Questo è strano lei non ti ha detto per quale ragione.>>

<<Lei disse solamente che non avevano più bisogno di me. Mi chiese di andarmene entro due settimane. Fu così difficile dirlo ai bambini, io non sapevo come fare. Lei mi dette un mese di paga e mi augurò ogni bene, ma mi spezzò il cuore. Riccardo e Flavia erano due bambini così dolci. Vedere le loro faccine quando glielo dissi, l'intera faccenda mi ha tormentato per settimane.>>

<<Forse la famiglia era in un momento di crisi e avevano bisogno di risparmiare.>>

<<Il signor Dutti è un banchiere italiano. Scordati tutto quello che sai sui direttori di banca inglesi, è tutta un'altra storia. Credimi, questo non aveva niente a che fare con problemi di soldi. Ho spremuto il mio cervello ma non sono riuscita a capire cosa sia

stato.>>

<<Tuttavia, quando lo raccontai a Luigi lui simpatizzò con me, ma disse che i Dutti erano le tipiche persone in affari e niente di quello che facevano lo sorprendeva più. Lui era quasi sarcastico, veramente.>>

Loro andarono in cucina e mentre Jessica preparava alcuni sandwich raccontò a Philip il resto della storia. Lei gli spiegò come aveva lavorato brevemente a Roma come cameriera, conservando occasionalmente i contatti con Luigi. Philip disse poco, annuendo alcune volte e buttando di proposito un po' di formaggio sul pavimento per Charlie che lo annusava.

<<Questo deve averti lasciato un po' disincantata dall'Italia?>> chiese Philip.

<<È stata solo una famiglia. Una brutta esperienza. Come ho detto, sono stata fortunata. C'è stato un momento in cui ho pensato che avrei voluto passare il resto della mia vita in Italia. Le persone sono così calorose ed affabili. Loro ti ospitano nelle loro case, nei loro cuori. Io amo tutto della vita lì.>> Jessica si alzò, dando una pacca mentre passava a Charlie per scusarsi di averlo disturbato. <<Quando Luigi scoprì che stavo tornando a casa mi chiese se poteva venire con me. Devo ammettere che non ho pensato che l'avventura si sarebbe risolta in questo modo.>>

Jessica scansò i capelli dal suo viso portandoli indietro, guardando il fratello come per cercare le risposte sul suo viso. <<Credevo di essere brava a capire le persone. Ma Luigi mi rende perplessa. Quando sono arrivata dissi a Janie che non c'erano

misteri da scoprire. Può essere che mi sia sbagliata.>>

Jessica tirò fuori un borsello del trucco dalla sua borsa a tracolla, tirò fuori una bottiglietta di smalto e la posò sul tavolo di cucina. <<Nel caso vuoi sapere cosa sto per fare, mi sto per mettere lo smalto. Continuo a dire a Janie quanto sono impressionata dallo stato della sua manicure. Io pensavo che lei sarebbe stata una mangiatrice di unghie per sempre.>>

<<Ah, lei ha Libby che ci pensa.>>

<<La nipote di Phyllis? Ma lei non è una giornalista?>> Philip sorrise. <<Un po' di alta tensione, ma buon divertimento. Lei è ambiziosa, non sarei sorpresa di vedere la sua firma su un giornaletto Fleet Street uno di questi giorni.>>

<<Phil, io ho pensato. Quando le cose si saranno un po' sistemate che ne dici se io e te andiamo fuori in alcuni vecchi ritrovi, per vedere che cosa è cambiato. Forse facciamo la gita di un giorno?>>

Philip si chinò per carezzare Charlie dietro un orecchio, mandando il cane in visibilio. <<Hai sentito Charlie, sembra che ci dobbiamo preparare per una sfida.>>

<<Quale è stata l'ultima volta che hai preso un treno? Che ne dici di un giorno a Brighton, possiamo sederci sul lungomare, mangiando *fish and chips*.>> C'era tanta fiducia in lei, che fece sorridere Philip.

<<Tua nipote ti somiglia più di quanto tu possa immaginare. Lei non vede ostacoli. Tutto è possibile agli occhi di Janie, è solo che per alcune cose ci vuole un po' di tempo per elaborarle.>>

<<Esattamente. Allora, treno per Brighton, Charlie?

Cosa ne pensi? Riusciamo io e te a tenere il tuo padrone fuori dai guai per quel giorno?>>

Per tutta risposta Charlie si riposizionò mettendo tutto il suo corpo sdraiato sui piedi di Philip e la sua testa vicino le gambe di Jessica.

<<Ritengo che questo sia un si, quindi>> disse Jessica.

CAPITOLO 20

Mercoledì – Pensione Summer

Alberto Denaro prese il diario tascabile dalla sua valigetta e sfogliò le pagine. Lui aveva dovuto cancellare già due appuntamenti e dubitava che sarebbe tornato in tempo per il prossimo, che era programmato fra tre giorni.

In ogni modo aveva fatto un viaggio inutile. Era venuto perché sperava che finalmente suo figlio stesse chiedendo il suo aiuto. Invece, aveva appena potuto parlargli. Poi c'era da organizzare il funerale di Bertie, ma ogni cosa in Inghilterra prendeva tanto tempo, e la polizia stava indagando, il che ritardava ancora di più le cose.

Era ridicolo che suo figlio fosse sotto accusa. Luigi non sarebbe stato capace di uccidere nessuno. Era troppo uguale a sua madre. La loro natura era scontrosa, esternavano le loro emozioni, ma senza cattiveria interiore. Quella indagine era solo una perdita di tempo.

Eloise non era felice perché non si era mai fidata di lui. Non contava quanti regali le avesse comprato, pellicce, gioielli, profumi; lei appena sorrideva, lo ringraziava, poi un giorno dopo o giù di lì lei riaffondava nel suo malessere. Il suo lavoro gli dava la scusa di stare via da casa più che possibile e così loro vivevano una vita separata più che insieme. Ma Luigi passava tanto tempo con sua madre, ed era inevitabile che sarebbe diventato come lei.

Alberto sognava un giorno di insegnare i suoi affari a suo figlio, ma questo era solo un sogno. Luigi preferì lavorare in un bar, piuttosto che imparare come condurre con successo una trattativa di affari. Tutti nel mondo degli affari conoscevano Alberto Denaro il che lo rendeva orgoglioso. C'era così tanto che avrebbe potuto insegnare a suo figlio. E sarebbe potuto diventare ricco.

Alberto andò nel piccolo bagno della camera d'albergo. Accese la luce sopra lo specchio e fissò la sua immagine riflessa. La lampadina proiettava una luce gialla sul suo viso, rendendo la sua pelle giallastra, facendolo apparire stanco. Passò le sue dita tra i capelli, notando i capelli grigi sulla frangia e le basette. Sua moglie lo aveva amato per i suoi capelli neri. La prima volta che si erano incontrati lei lo aveva preso in giro, dicendogli che era convinta che lui fosse una stella del cinema. '*Sei sicuro di non essere Robert Taylor in incognito?*' lei diceva ridendo.

<<Oh, Eloise>> lui sussurrò alla sua immagine riflessa. <<Se non fosse stato per la guerra, forse avremmo potuto essere felici.>>

Fece scorrere l'acqua fredda nel lavandino e si lavò il viso, prendendo uno degli asciugamani in mano mentre tornava nella camera.

<<Basta, *ne ho abbastanza*>> pensò mentre prendeva la giacca dalla spalliera della sedia allisciandone le pieghe.

Era un giorno piacevole per una passeggiata. Il solito cielo grigio per il quale era famosa l'Inghilterra durava sin dal suo arrivo. Tuttavia, aveva preso con sé un ombrello nella mano e la ventiquattrore nell'altra. L'addetto alla reception dell'albergo gli aveva creato una gran confusione dandogli una mappa delle strade e spiegandogli il percorso per andare alla pensione. Ma era semplice, solo una breve passeggiata lungo il lungomare. Mentre camminava lentamente, guardava sotto la spiaggia di ghiaia, sorpreso di vedere tante famiglie che sembravano godersi quel pomeriggio che a lui sembrava freddo. Lui indossava il soprabito, mentre loro erano in costume da bagno.

Una famiglia aveva disteso un plaid sui ciottoli, sistemandovi sopra una grande quantità di cibi; sandwich, torte, biscotti. Lui guardò il bambino, che non poteva avere più di cinque o sei anni, prendere ad uno ad uno tutti i sandwich dargli un piccolo morso, e poi rimetterlo giù sulla coperta. Suo padre iniziò a sgridarlo, e il bambino iniziò a piangere, sino a che la mamma lo prese in braccio coccolandolo. Lei tastò intorno, aprì un pacchetto di biscotti e gliene diede uno. Il padre si alzò e andò sulla riva, gettando ciottoli nell'acqua, guardandoli mentre sfioravano la superficie dell'acqua, prima di andare giù nel mare oscuro.

Quando Alberto arrivò alla pensione esitò un momento prima di suonare. Sembrava quasi che Rosetta avesse previsto il suo arrivo perché appena suonò il campanello lei aprì la porta.

<<Sì?>> disse, tenendo aperta la porta, ma stando sulla soglia.

<<Sono Alberto Denaro. Mio figlio è qui da lei.>> Lui stava in piedi sulla porta e aspettava. Era strano parlare in inglese quando tutti e due erano italiani, ma in qualche modo gli sembrava la cosa giusta da fare.

<<Ah, sì, il padre di Luigi. *Piacere.* Piacere di conoscerla. Lui non è qui.>> Il suo sconforto al pensiero di doverlo invitare ad entrare era palese. La famiglia Denaro e i suoi attinenti non le avevano portato altro che sfortuna.

<<Posso entrare?>> Aspettò, chiedendosi se lei avesse ceduto o sarebbe dovuto ritornare in un'altra occasione. Forse avrebbe potuto accompagnare suo figlio, sebbene questo avrebbe comportato un altro tipo di difficoltà.

<<Suo figlio non è qui,>> lei ridisse.

<<No, ma il mio socio, il signor Williams. Sono venuto per sistemare i suoi affari.>> Si chiese se questo potesse aiutare la sua causa mettendo le cose in modo più ufficiale.

<<Ci sono dei documenti da sistemare, capisce?>>

<<Ah, sì. Entri prego.>>

Lei arretrò e fece cenno di entrare. Loro stavano in imbarazzo, vicini nel corridoio.

<<La polizia ha preso il suo passaporto>> disse lei, chiedendosi quale documento dovesse servire per organizzare un funerale.

<<Posso vedere la sua camera?>> Alla fine spiegò la ragione per la quale era venuto.

Rosetta esitò, cercando di capire cosa c'era in quest'uomo che la metteva a disagio.

<<Perché vuole vedere la sua stanza?>>

<<Come le ho detto, devo organizzare il suo funerale. Immagino che i suoi vestiti stiano ancora lì?>>

<<Ah, sì.>> Le passò per la mente il giorno in cui dovette scegliere i vestiti per il corpo di suo marito. Lei si portò le mani al volto, chiuse gli occhi per un momento, sperando di dissolvere l'immagine. Poi fece cenno ad Alberto, di seguirla al secondo piano indicandogli la porta della stanza n. 3. <<Lei entri. Io non voglio. Non mi piace...>>

<<Capisco. Deve essere stato uno shock per lei.>> Egli aprì la porta, restando per un momento con la mano sulla maniglia, aspettando che Rosetta andasse via.

<<Io sono in cucina>> lei disse, ritornando giù per le scale, lontano dai truci ricordi della morte.

Una volta entrato nella stanza Alberto stette sulla porta e guardò intorno. Accese l'interruttore della luce per illuminare l'ambiente cupo reso ancora più cupo dalle pesanti tende di raso che erano ancora chiuse.

Una volta nella stanza lui iniziò a darsi da fare per dissipare i misteri, facendo scorrere le sue dita intorno a tutti i lati posteriori di ogni cassetto. Non sapeva che cosa cercare. Quello che sapeva di certo era che ci doveva essere una ragione che aveva spinto Bertie a venire a Tamarisk Bay. Se avesse potuto scoprire questa ragione, forse si sarebbero spiegati tutti i fatti avvenuti da allora.

Mentre cercava nella stanza, pensò ai suoi rapporti con Bertie. Loro avevano entrambi visto i loro affari crescere e avere sempre più successo. C'erano stati dei momenti in cui Alberto aveva invidiato un po' il suo amico. Bertie non aveva distrazioni, no moglie, no figli. Lui poteva dedicarsi con tutto sé stesso al suo lavoro, senza il senso di colpa che Alberto si portava con lui, come un sacco permanente sulla sua schiena. Quando Alberto aveva aperto la lettera di Luigi e aveva scoperto che suo figlio era andato in Inghilterra, la prima persona a cui lo disse fu Bertie.

<<Ho perso mio figlio>> gli disse. <<Dovevo essere io a portarlo in Inghilterra, per vedere i posti dove era nata sua madre. Fare il viaggio insieme ci sarebbe stato d'aiuto a risolvere i problemi che ci sono sempre stati tra di noi.>>

Alberto ritornò alla sua ricerca, tentando di liberare la sua mente dai ricordi dolorosi. Aveva guardato tra tutti i cassetti e non aveva trovato nulla, si fermò in piedi e guardò verso il letto. Aveva l'impressione che sul cuscino e la coperta ci fosse ancora la forma del corpo del suo amico. Era come se lì aleggiasse ancora il suo spirito.

Andò verso la finestra, tirò le tende e guardò fuori il giardino del retro. L'erba era di un verde acceso. Per un momento sorrise, ricordandosi quanto la moglie amasse i prati inglesi. Non c'era posto per un prato tra la loro veranda ed il patio fuori dalla villa. Forse lui avrebbe dovuto togliere un po' di pavimentazione. Forse questo l'avrebbe fatta contenta.

Lui si muoveva nella stanza piano, cercando di non rompere nulla. Andò verso l'armadio in noce e aprì entrambe le ante. Il legno era leggermente deformato, e una delle ante non scorreva sul bordo inferiore. Lui tirò di nuovo e si spalancò, all'interno c'erano solo tre stampelle, su due c'erano due completi e sull'altra un giacchetto. Bertie chiaramente non intendeva restare a lungo.

Cercò in tutte le tasche delle giacche, esitando un momento perché gli era sembrato di sentire dei passi fuori dalla porta. Lui trattenne il respiro, ascoltando, guardando la maniglia, immaginando di vederla girare e qualcuno sarebbe entrato. Sarebbe stato visto come se fosse un ladro, gli sarebbe servita una scusa per giustificare il fatto che stava frugando tra le cose del suo amico. Quando non sentì più nessun rumore o movimento continuò, infilò la mano dentro una piccola tasca, modellata nella fodera di seta della giacca. Ne estrasse una busta. Tirò fuori gli occhiali dalla tasca della sua giacca e se li mise. Ma, in verità, non aveva bisogno degli occhiali per riconoscere di chi fosse la calligrafia. Sulla busta c'era scritta una sola parola. C'era scritto 'Bertiè.

Girando la busta fece scorrere le sue dita lungo la linguetta. Era come se il destinatario l'avesse strappata, ansioso di leggere il contenuto. Alberto aprì la busta con grande attenzione, infilando la sua mano dentro e tirò fuori un singolo foglio scritto color avorio. Era piegato in due, da una parte era bianco, perciò fu solo dopo aver aperto tutto il foglio che lui poté accertare che la scrittura sulla lettera era uguale a quella della busta. La calligrafia era di sua moglie, era di Eloise.

Lui chiuse gli occhi per un momento, temendo cosa stava per leggere. Poi aprì di nuovo il foglio e lesse lo scritto.

Carissimo Bertie

Chiedo perdono a te, a mio figlio ed anche a Alberto. Il mio amore per te mi ha sostenuto per tanti anni, ma mi ha anche sminuito come madre e come moglie.

Tu hai ragione che la nostra relazione amorosa non ci sarebbe mai dovuta essere ma non posso immaginare una vita senza di te. Per favore non pensare male di me. Non vedo l'ora di vederti svanire. Così mi congedo da te amore e spero, con ogni fibra del mio essere, che ci incontreremo di nuovo un giorno in piazza vicino alla fontana.

Tua Eloise

Quando arrivò alla fine della lettera Alberto cadde in terra in ginocchio, tenendo il pezzo di carta scritto nelle sue mani. <<Oh, Eloise, mia dolce ragazza>> disse ad alta voce nella stanza vuota. Sopraffatto dal peso di quel dolore chinò la testa sulle sue ginocchia e pianse.

Era passata quasi un'ora prima che Alberto arrivasse a casa di Philip. Durante quell'ora aveva provato a pensare cento differenti modi per dare a suo figlio la cattiva notizia. Che era sua madre che aveva avuto un amante e che, in definitiva, era stata la paura di perdere Bertie la causa per la quale si era tolta la vita.

Lui non aveva ancora trovato le parole giuste quando bussò alla porta di Philip, quasi sperava che gli venisse detto che suo figlio era fuori. Invece, fu Luigi ad aprire la porta. Lui guardò suo padre, tenendo la porta parzialmente aperta così che Alberto, ancora una volta, veniva lasciato sulla soglia.

<<Posso entrare?>> la sua voce era tremante, la sua mente in tumulto.

Luigi annuì ed indietreggiò.<<Fai come vuoi. Come fai sempre.>>

Alberto camminò lungo il corridoio, chiedendosi come fare il prossimo passo. <<È a casa il signor Chandler?>>

<<È per lui che sei venuto?>>

<<No, *figlio*, sei tu. Ho bisogno di parlarti.>>

Luigi si sfregò la faccia come se il pensiero di una conversazione con suo padre fosse disgustoso come mordere un limone amaro.

<<Lui è con Janie e Jessica nel salotto. Probabilmente parlano di me e dello scompiglio che ho causato.>>

<<Oh, Luigi>> disse Alberto sospirando disperato.

<<È meglio che vieni in cucina. Lì possiamo parlare indisturbati.>>

Lui fece segno a suo padre di seguirlo in cucina, quindi gli rivolse le spalle mentre riempiva il bollitore e lo metteva sul fuoco.

<<Luigi, non starti a preoccupare di questo ora. Ho bisogno piuttosto che tu ti segga. Ho bisogno di spiegarti qualcosa, È difficile...>>

Luigi si fermò per un momento prima di spegnere il gas, ma rimase in piedi, guardando lontano da suo padre.

<<Se non vuoi guardarmi, spero almeno che tu voglia ascoltarmi. Sono stato di nuovo alla pensione e sono stato nella stanza di Bertie.>>

<<Per cercare più prove contro di me? Anche mio padre pensa che io sia un assassino.>>

<<No, proprio l'opposto. Sono stato nella stanza di Bertie per cercare qualcosa che provasse la tua innocenza.>>

Luigi si girò a guardare in viso suo padre, i suoi occhi socchiusi, la sua fronte corrugata.

Alberto andò verso suo figlio. Luigi non se ne andò ma c'era ancora una distanza fra loro due. Una distanza fisica che rinforzava la distanza emotiva.

<<Prima lasciami parlare. Devo dirti qualcosa>>disse Luigi, prendendo un profondo respiro prima di continuare. <<Io sono andato nella stanza di Bertie quella sera. E la polizia lo sa questo. Io non l'ho detto a loro, ma loro lo sanno, sono sicuro di questo.>>

Alberto sospirò. Questa ultima svolta negli eventi era come un ospite non invitato ad una festa- inaspettato e difficile da disfarsene. <<Perché hai mentito?>>

<<Perché pensi? Sono andato nella sua camera quella sera. Successivamente lui è morto. Io sono stato l'ultima persona a vederlo in vita.>>

Luigi si alzò e si diresse verso la porta, lasciando suo padre che cercava ancora di assorbire quella ammissione.

<<Dimmi esattamente cosa avvenne, di che cosa avete parlato?>>

<<Ritorna in Italia, papà. Ritorna ai tuoi incontri d'affari, ai tuoi rapporti d'affari e lasciami al mio destino. Se vogliono arrestarmi, lasciali fare. Non me ne preoccupo più.>>

Philip sentendo la porta sbattere capì che chiunque degli ospiti se ne fosse andato non era di buon umore. Lui diede una spinta a Charlie per farlo entrare in azione e lo seguì in cucina. Non volendo piombarci all'improvviso, bussò alla porta prima di entrare.

<<È tutto a posto?>> disse Philip, non sapendo con chi stesse parlando. Poi sentendo la voce di Alberto aprì la porta ed aspettò.

<<Mi dispiace, signor Chandler. Lei deve pensare che mio figlio è molto maleducato, sbattere la porta in quel modo. Lui è molto arrabbiato.>>

<<Lei non ha bisogno di scusarsi. Lui ne ha passate tante, e comprensibile che sia arrabbiato.>>

Philip si sedette su una sedia lontana dal tavolo, accarezzò Charlie che si stava spingendo contro le sue gambe.

<<Mio figlio mi accusa per tutto quello che è successo nella sua vita. Forse ha ragione. Forse se avessi passato meno tempo a cercare di fare soldi...>> Alberto fece una pausa. <<Posso versarmi un bicchiere di acqua?>>

<<Naturalmente, c'è il ghiaccio nello sportellino in alto del frigo.>>

Alberto aprì il rubinetto dell'acqua fredda, riempiendo uno dei bicchieri che erano sullo scolapiatti. Lui ne prese alcuni sorsi e poi svuotò il rimanente nel lavandino. <<Ma non possiamo cancellare il passato>> disse.

<<No, non si può cambiare quello che è passato. Io lo so bene.>> Philip fece un sorriso ironico.

<<Naturalmente, lei deve aver avuto a che fare con grandi difficoltà nella sua vita. Perdere la vista, e

dover crescere sua figlia da solo.>>

<<Io non ero solo. Mia sorella fu un meraviglioso aiuto.>> Philip fece una pausa, ascoltando qualsiasi suono o movimento per stabilire se Alberto fosse seduto o in piedi. <<Cosa possiamo fare per essere di aiuto?>>

<<Pensa che mio figlio verrà arrestato?>>

<<La polizia vuole delle risposte e al momento loro pensano che Luigi è il solo che può dargliene. Signor Denaro, lei sa che cosa facesse il suo amico qui a Tamarisk Bay?>>

<<Questo è quello che mi ha chiesto mio figlio. E oggi ho trovato qualcosa che penso possa spiegare il motivo della sua visita.>>

La conversazione si interruppe quando Janie si aggiunse a loro. Lei prese alcuni bicchieri da una delle credenze, fece una spremuta di arance e la mise sul tavolo, versandone un po' per ognuno. Per alcuni momenti furono occupati dalla loro bevanda. Poi Janie disse <<Signor Denaro, possiamo riepilogare un momento? Mi può dire qualcosa di più riguardo al suo rapporto con il signor Williams? Era puramente un rapporto di affari?>>

Alberto si alzò ed andò verso Charlie, chinandosi per accarezzare la testa del cane. <<Lui è proprio bravo, è anche un buon amico?>>

<<Non potrei cavarmela senza di lui>> disse Philip, allungando la sua mano per accarezzare Charlie sulla schiena.

<<Bertie era anche un buon amico. Io avevo incontrato tanti anni fa, un po' dopo che era finita la guerra. Io stavo facendo crescere i miei affari e lui

stava sviluppando i suoi. Noi avevamo molti soci in affari in comune, spesso ci incontravamo nei meeting.>> Alberto fece una pausa, ripensando ai ricordi di quei tempi, ricordi che ora erano contaminati dalla lettera nella sua giacca.

<<Signor Chandler, lei ha perso la vista, ma lei ha la sua famiglia intorno a lei. Io ho il beneficio di tutti i sensi ma sono stato cieco in così tante cose.>>

Janie allungò la mano verso Philip prima di dire <<Che cosa è che ha scoperto, signor Denaro?>> Lei vide l'italiano chinare la testa e aspettò che lui parlasse.

<<Ho trovato questa>> disse, prendendo la busta dalla sua tasca e dandola a Janie.

Lei la tenne nelle sue mani per un momento, aspettando che lui gli confermasse che poteva aprirla.

<<Legga prego. Ma io non posso stare qui a sentire.>>

Questa volta la porta chiusa con un leggero rumore era Alberto Denaro che usciva nella strada silenziosa.

CAPITOLO 21

Mercoledì pomeriggio - la famiglia Chandler

Era metà pomeriggio quando Luigi tornò a casa di Philip. Michelle aveva mangiato ed era stata cambiata ed ora stava contenta in braccio a Philip. La radio era accesa e la musica in sottofondo dava un apparente serenità all'ambiente, mentre i pensieri di Janie non erano per nulla sereni. La lettera di Eloise aveva cambiato tutto ed ora lei doveva trovare il modo di raccontare a Luigi la notizia ed era certa che gli avrebbe spezzato il cuore.

Dopo che Jessica aveva letto la lettera disse che la sua emozione dominante era sentirsi in colpa.

<<Che cosa hai per doverti sentire in colpa?>> chiese Janie a sua zia.

<<Avrei dovuto realizzare, fare più domande. >>

<<Sono sicura che Luigi non poteva mai immaginare la verità, così' le tue domande sarebbero state inutili. È triste, una storia triste e le sole persone che conoscevano la verità sono morte. Tiratene fuori e non ci pensare più.>>

<<Andrò da Pier in Tidehaven alla sala giochi a centesimo. Te ne ricordi, Phil, quanto ci divertivamo lì?>>

<<Mi ricordo che tu aspettavi sempre un altro giro, convinta che avresti vinto, ma inevitabilmente venivamo fuori da lì con meno di quello che avevamo all'inizio>> disse Philip, sorridendo. <<Non sto lì di

nuovo a tirarti via, questa volta, assicurati che ti porrai un limite.>>

Un po' più tardi, quando Janie e Philip sentirono la porta d'ingresso aprirsi pensarono entrambi che fosse Jessica di ritorno. Invece sentirono due voci nell'ingresso.

<<Guardate chi ho incontrato sulla strada di ritorno alla fermata dell'autobus>> disse Jessica, buttando la sua sciarpa sul divano. <<Lui stava girovagando come un'anima persa. Gli ho detto che avrebbe dovuto venire con me da Pier. Forse mi avrebbe portato fortuna.>>

<<Non mi dire che hai perso di nuovo?>> disse Philip, ridendo.

Janie guardò Luigi che esitava sulla porta. <<È tutto a posto, tuo padre non c'è. Lui è tornato in albergo poco fa.>>

Luigi si rilassò un po'.

<<Luigi, perché non usciamo per un po'. Nel giardino?>> Janie gli fece segno di seguirla in cucina. Aprirono la porta posteriore, ed uscirono fuori. La siepe di cinta correva su tre lati del giardino, l'altra parte lo separava dai vicini. In fondo, dall'altra parte della siepe, c'era un sentiero pubblico, che portava all'accesso delle altre case nella strada. Janie aveva evitato di piantare qualsiasi cosa che necessitava di particolari attenzioni. Così la maggior parte del giardino, comprendeva un pezzo di prato, con un piccolo pezzo pavimentato per sedersi vicino a un solo albero di melo.

<<Guarda questo>> lei disse, indicando alcuni segni sul tronco del melo.

Luigi andò dove stava lei e guardò con attenzione il tronco dell'albero.

«Li ho fatti io quando avevo otto o nove anni. Io presi il coltellino svizzero di mio padre. Quando Jessica se ne accorse ebbi molti guai.»

«Perché avevi danneggiato l'albero?»

«Perché mi sarei potuta far male» lei disse, sorridendo a quel ricordo. «Mio padre non lo ha mai visto, naturalmente, lo sa cosa ho fatto. Quando Jessica glielo disse lui andò subito fuori e passò le sue dita sopra i segni e sai cosa disse?»

«Ti sgridò?»

Janie fece scorrere la sua mano sul tronco dell'albero. «No, mi disse che avrei dovuto fare un bel disegno invece di scarabocchi. *Ricordati*, mi disse, *se tu affronti dei rischi almeno fa che siano utili.*»

«Cosa mi volevi dire?» chiese Luigi, nella sua voce c'era un'asprezza più che una irritazione.

«Noi ti vogliamo solo aiutare, ma non possiamo a meno che tu non sia completamente onesto con noi. Sei andato a parlare con Bertie la notte che è morto?»

Luigi guardò Janie in modo interrogativo come se lo avesse schiaffeggiato. Quindi lui disse. «Mi auguravo di non doverci andare nella sua camera quella notte. Per così molte ragioni desideravo non doverci andare. Lo volevo affrontare per le sue relazioni d'affari con mio padre.» Luigi fece una pausa come se non potesse pronunciare le successive parole che poi disse. «Se sarò arrestato tutto quello che avrò visto dell'Inghilterra sarà l'interno di una cella della prigione.» Lui strinse le mani con i pugni stretti. «Io non l'ho fatto, Janie. Tu lo sai, vero?»

<<Tu non l'hai ucciso?>>

<<Tu pensi che io possa essere capace di uccidere qualcuno, quando aver trovato mia madre in quel modo mi ha quasi distrutto?>>

<<Forse, se tu eri molto arrabbiato, se tu pensavi che Bertie fosse da incolpare in qualche modo?>>

<<Perché dovrei aver pensato che era colpa sua la morte di mia madre? Te l'ho già raccontato addebito tutto sulle spalle di mio padre. E lui lo sa questo. L'ho potuto vedere nel suo viso prima.>>

Era come se a Janie fosse stato consegnato un bastoncino che doveva passare a Luigi con tutto il dolore che ne sarebbe derivato. Appena si sedettero sotto all'albero di melo Luigi ascoltò Janie che gli spiegava la verità sul coinvolgimento di sua madre e Bertie Williams. Quando arrivò alla fine del racconto gli diede la lettera, ma si allontanò mentre lui leggeva. Lei si aspettava un'esplosione di rabbia, ma invece Luigi iniziò a piangere, singhiozzando rumorosamente, a malapena si fermava per asciugarsi il viso o soffiarsi il naso. In tutto questo Janie stava seduta in silenzio, avrebbe voluto abbracciare l'amico italiano della zia.

<<Io ho incolpato mio padre, ma per tutto il tempo era mia madre che non era devota al matrimonio<< disse Luigi, con la voce che sembrava quasi un sussurro. <<Era Bertie quello per il quale aveva perso il cuore quando lo aveva incontrato nella piazza quel giorno. Io avevo la pazza idea che quel soldato potesse essere tuo padre. Io mi auguravo che fosse lui, o qualcun altro ancora. Chiunque ma Bertie.>>

Janie portò la sua mano verso Luigi. <<Questo è

troppo doloroso per te. È una notizia che nessuno vorrebbe sentire, ma durante la guerra ogni cosa deve essere stata così differente dalla vita che conosciamo ora.>> Il tono di Janie era gentile ed incoraggiante.

<<Lui si deve essere trasferito ad Anzio così poteva restare in contatto con lei.>> Luigi si alzò in piedi e camminò avanti e indietro, fissando per terra come se lì ci fosse qualcosa che lo avrebbe aiutato a capire qualcosa della confusione che aveva nella testa.

<<Suppongo che la sua società di affari con tuo padre gli dava la possibilità di vedere tua madre.>> Disse Janie, con voce incerta. <<E tutti questi anni tuo padre non ha sospettato nulla.>>

Luigi prese il fazzoletto che ora era bagnato lo aprì cercando di trovare una parte asciutta. <<Io ho odiato mio padre per così tanto tempo, ma ora sto odiando ancora di più me stesso. Io sono stato cieco a capire le ragioni della infelicità di mia madre, forse se avessi saputo la verità potevo esserle d'aiuto.>>

<<No Luigi>> disse Janie, ora la sua voce era ferma. <<Tu non devi accusare te stesso. Bertie e tua madre sapevano cosa stessero facendo. Loro dovevano aver realizzato i rischi che stavano correndo. Una situazione come quella può solo finire male per tutti quelli che ne sono coinvolti.>>

Luigi guardò Janie, ora i suoi occhi erano annebbiati. <<Tu hai ragione. Ha ferito tutti.>>

<<E più recentemente?>> Janie si riferiva alla morte di Eloise, ma non riusciva a trovare le parole giuste. <<Tu pensi che tua madre temeva che tuo padre scoprisse la sua relazione?>>

Luigi scosse la testa. <<Non lo so.>>

<<Tua madre non ha mai preso in considerazione di divorziare?>>

<<Mia madre era una cattolica praticante. La sua fede era importante per lei.>>

<<Forse Bertie provò a chiudere la relazione, pensando che avrebbe salvato tua madre da altre pene?>>

Luigi si girò di spalle a Janie, mettendo le mani sulla testa in gesto disperato. <<Lei non poteva sopportare questo, non credi?>> la sua voce ora era attutita dai singhiozzi che rendevano difficile decifrare le sue parole. <<Lei non poteva vivere senza di lui, così ha scelto di non vivere. E questo fa più male di ogni altra cosa. Io non contavo abbastanza perché lei volesse continuare a vivere.>>

Luigi si sedette in terra, mettendo la testa in mezzo alle ginocchia piegate. Janie stava in piedi accanto a lui, passando la sua mano sulla sua schiena cercando di confortarlo. Dopo un po' smise di singhiozzare. Era come se fosse su un treno che era arrivato a fine corsa; la situazione era al massimo, non c'era niente che si potesse dire o fare. Lui si alzò si passò la mano sui capelli umidi da una parte del viso. <<Ho bisogno di una sigaretta.>> Prese il pacchetto dalla tasca della sua camicia. Janie lo guardò mentre l'accendeva e faceva una lunga tirata. <<Ed ora viene la parte più dura>> lui disse<<le scuse che devo fare a mio padre. Per anni l'ho incolpato ed ora sembra che lui sia irreprensibile. Non sono sicuro se riuscirò a trovare le parole.>>

CAPITOLO 22

Giovedì – Stazione di Polizia di Tidehaven

<<Ritorno dal DS Bright.>> Janie spostò Michelle da un braccio all'altro mentre metteva il biberon sul tavolo di cucina focalizzando l'attenzione su Greg.

<<Speri che loro abbiano fatto la seconda autopsia?>>

<<Voglio fare ciò che posso per aiutare Luigi ad andare avanti con la sua vita. Lui ha dovuto affrontare il suicidio della madre e poi scoprire che non la conosceva affatto. Deve essere stato come perderla di nuovo.>>

<<E questo ti angoscia molto, vero?>> disse Greg, aprendo il cestino del pane per poi chiuderlo di nuovo.

<<Se prendo quest'ultima fetta per il sandwich dopo non ce ne sarà una per te per il tuo toast.>>

<<Va bene, io mangerò i cereali.>>

<<Noi dovremmo essere più organizzati.

<<Vuoi dire che io devo essere più organizzata.>>

<<Tu lo sai che non c'è ragione per la quale il detective ti dovrebbe dire qualcosa. Tu non sei un familiare.>>

<<Allora dovrò usare tutta la mia forza di persuasione, non credi?>>

<<Io devo andare, ma tu sai come la penso. C'è solo una cosa che potresti fare, non prenderti la bega di sistemare tutto per tutti.>> Greg sospirò, portandosi le mani nei capelli. <<I lunghi weekend solo belli, ma diventa più duro ritornare ad alzarti alle 7.>>

<<Michelle, sembra che tuo padre si sia scordato che le 7 per noi è l'ora della dormitina.>> Janie diede la bambina a Greg, poggiandogli gentilmente una mano sulla spalla per farlo sedere. <<Oggi ti preparerò i panini, ma non ci fare l'abitudine>> lei disse sorridendo.

<<Tu non stai portando Michelle nella stazione di polizia, vero?>>

<<Hai paura che l'arresteranno?>>

<<Seriamente, Janie. Non piace l'idea che lei venga lì. Vai prima da tuo padre, e lascia che Jessica si occupi di lei.>>

Mentre si avvicinava all'anonimo, edificio di cemento che ospitava la stazione di polizia, Janie rimuginò sulle sue possibilità. Nel passato lei era stata capace di dimenarsi tra interessi generali e investigazione. Sarebbe stato interessante sapere esattamente cosa pensasse il DS Bright di lei. In alcune occasioni le aveva fatto capire che la trovava irritante, ma poi c'erano state delle volte, durante i recenti mesi, che le aveva dimostrato una smisurata ammirazione. Lei era certa che lui l'avesse apprezzata per la sua ricerca della verità riguardo la morte di Joel, anche se lui non lo avrebbe mai ammesso. Le loro strade si erano incrociate di nuovo quando lei aveva aiutato Hugh Furness, un caso nel quale lei aveva avuto più intuito di quello del detective. Questa volta i ruoli erano invertiti, ma solo fino a un certo punto. La polizia aveva informazioni che le occorrevano. E lei era a conoscenza di cose di cui sperava non dover mai parlare alla polizia.

Lei aspettò mentre il sergente di turno telefonava all'ufficio di Frank Bright. Dopo alcuni momenti lui arrivò, un barlume o qualcosa di simile attraversò il suo viso prima che riassumesse la padronanza della sua consueta espressione cupa.

<<Signora Juke. Lei è qui per vedere me?>> La domanda era inutile, ma lei sapeva perché glielo stava chiedendo. Questo era il suo dominio, il suo lavoro e lui stava chiarendo il punto.

Lei lo seguì nella stanza degli interrogatori, dove già erano stati il giorno prima. Lui aspettò mentre lei prendeva una sedia accostandola a un lato del tavolo di legno. Poi lui tirò fuori il pacchetto delle sigarette e lo posò accanto al posacenere ormai colmo. La mente di Janie riandò per un istante al ricordo della prima volta che era entrata in quella stanza, quando lei era in stato interessante di Michelle.

<<Questo posto si potrebbe un po' rallegrare.>> Janie girò le mani intorno, indicando le pareti nude.

<<Cosa ha nella mente? Alcune viste panoramiche di Pier a Tidehaven? Alcune barche da pesca, alcuni castelli di sabbia?>> Frank Bright non cercava neanche di nascondere il sarcasmo nella sua voce. <<Questa è una stazione di polizia, signora Juke, o lei se ne è scordata?>>

<<Naturalmente no. È solo che voi usate la stessa stanza per interrogare i colpevoli e gli innocenti. Se creaste l'ambiente un po' più piacevole le persone si aprirebbero più facilmente. Potrebbe essere di aiuto, a lungo andare.>>

Frank prese una sigaretta dal pacchetto, battendone la punta sul tavolo, poi la tenne spenta tra le dita. <<E lei a quale categoria appartiene?>>

<<Io?>>

<<Colpevole o innocente?>>

<<Non penso che lei debba chiedermi questo, non le sembra? È difficile che io sia colpevole, non crede?>>

<<Colpevole di nascondere informazioni, forse?>>

Il detective posò la sigaretta, prese la matita dalla sua tasca e ne leccò la punta, tenendola pronta sul suo taccuino. Janie studiò Frank Bright, che usava le pause nella loro conversazione per ricordarsi di quella che aveva avuto con Luigi.

<<Quando lei era qui con il signor Alberto Denaro abbiamo parlato della valigetta che avevamo trovato nella stanza del signor Williams>> disse Frank.

<<Sì, Luigi aveva detto che non era quella che aveva perso lui. Era molto deluso.>>

<<Lo era?>>

Il detective socchiuse gli occhi e guardò in basso verso la matita. Una grossa busta era sul tavolo ed ora lui la spinse verso Janie.

<<Vuole che la apra?>>

Frank guardò Janie che apriva la busta, tirando fuori diverse foto in bianco e nero. Lei le distese sul tavolo esaminandole. Nelle foto c'era una coppia giovane in varie posizioni. La donna era vestita elegantemente, sempre con un cappello e l'uomo indossava un completo.

<<Chi sono?>>

<<Non lo so. Pensavo che li conoscesse lei.>>

<<Dove ha trovato le foto?>>

<<Nella valigetta che il signor Denaro non ha

riconosciuto come sua.>>

In ogni foto le due persone si guardavano l'un l'altro in un modo che fece sentire Janie come se stesse interrompendo un momento intimo. Luigi aveva detto che sua madre era graziosa, ma questa donna era molto più di questo. Il fotografo aveva catturato la luminosità della sua pelle, i suoi zigomi alti, e i suoi occhi gentili. Occhi che non potevano nascondere l'amore che provava per l'uomo che aveva accanto. Erano passati molti anni da quando erano state scattate quelle foto, ma Janie poteva ancora vedere la somiglianza tra l'uomo nelle foto e quello che aveva perso la vita la sera del Venerdì Santo.

Anche Frank Bright aveva notato la somiglianza. Questa era un'altra cosa in più che lo meravigliava. Lui guardò Janie che sfogliava le foto e cercò di indovinare cosa ne stesse pensando. C'era un collegamento tra i Denaro e Bertrand Williams, e queste foto potevano essere pertinenti. Ma perché?

<<Quando i suoi uomini hanno setacciato la stanza del signor Williams hanno trovato qualcosa d'altro di interessante?>> La domanda di Janie fece ritornare la sua attenzione al presente.

<<Forse.>>

<<Ora lei sta facendo l'evasivo con me, sergente detective.>>

<<No, signora Juke. Le sto semplicemente ricordando che questa è un'indagine della polizia.>>

<<Avete trovato qualche indizio che colleghi Luigi con la morte del signor Williams? È in grado di dirmi qualcosa? Lei ha avuto dei sospetti sin dall'inizio,

vero?>>

Lui sorrise e fece un lungo respiro. <<Lei dovrebbe lavorarci sulla sua capacità di osservazione, signora Juke.>>

Per il momento aveva la situazione in pugno e gioiva chiaramente di questo.

<<Lei ha visto qualcosa nella stanza? Qualcosa che le ha fatto pensare che qualche altra persona sia stata lì, oltre a me e Rosetta?>>

Lui spinse la sedia indietro e si alzò, prendendo il pacchetto delle sigarette dal tavolo e rimettendolo nella tasca. Janie si chiedeva se la moglie fosse preoccupata degli effetti che il fumo poteva avere su di lui. Lei era sicura che entro un'ora lui si sarebbe fumato almeno una sigaretta, se non di più.

<<Indovino che lei non ha mai fumato?>> La sua domanda la lasciò sorpresa.

<<No. Mio padre non ha mai fumato, neanche mia zia, così ho supposto che non fosse una cosa con cui crescere. E lei? Ha iniziato a fumare da quando era un ragazzo?>>

<<Il signor Williams non era un fumatore.>>

Ancora una volta la direzione della conversazione era sconcertante. Guardò il detective mentre tornava contro il muro e strusciava con un piede sul pavimento.

La sua mente correva attraverso tutte le cose che aveva imparato su Bertie Williams dalla sua morte, stava cercando di determinare l'importanza delle rivelazioni del DS Bright.

<<Andiamo ora, signora Juke. Non mi deluda. Mi aspettavo più di questo da lei.>> Lui ora stava

giocando con lei e in più la prendeva in giro, era determinata a raggiungere la conclusione giusta prima che lui gliela consegnasse su un piatto. <<Lei non mi ha detto di essere una fan accanita di Hercule Poirot?>>

Janie fece un profondo respiro e quindi forzò la sua espressione in un sorriso. <<Lui mi ha insegnato tutto quello che so.>>

<<Lei può essere certa che Poirot non si sarebbe perso questa traccia. Lui l'avrebbe annotata sul suo taccuino. Lei ha un taccuino, vero?>>

Lei aspettò che lui facesse la prossima mossa.

<<E sono sicuro che lei lo ha con sé oggi, in quella sua borsa.>>

Infilando la mano nel suo borsone lei tirò fuori il taccuino. Non poteva rischiare che lui vedesse troppo di quello che aveva scritto, in particolare della conversazione con Luigi e suo padre. Quindi, lei lo aprì alla prima pagina e lo poggiò sul tavolo, tenendo ben ferma la mano sulla copertina.

<<Indovino che queste sono le prime annotazioni che ha fatto l'altro venerdì?>>

<<Sì, io ho buttato giù qualche appunto prima di andare a dormire quella notte. Tutto quello che mi ricordavo di aver visto ed udito.>>

Mentre rivedeva i suoi appunti, lei riviveva nella sua mente tutti gli eventi, rielaborando di nuovo l'accaduto. Per un momento chiuse gli occhi per cancellare Frank e quello squallido ambiente, rimpiazzandoli con la visione della stanza di Bertie Williams. All'improvviso lo vide. L'indizio al quale si stava riferendo il detective, la ragione per la quale lui aveva avuto sospetti su Luigi sin da quel giorno. Quando riaprì gli occhi il DS Bright era di nuovo seduto, e la guardava con una espressione divertita in viso.

<<L'ha visto ora, vero?>>

<<Sì. Il posacenere.>>

<<Mi dica quante cicche di sigarette c'erano.>>

<<Due?>>

Il detective la redarguì, come un insegnante deluso dall'allievo che gli ha dato una risposta sbagliata. <<Tre>> lui disse.

<<E lei pensa che...?>>

<<Io non penso niente, signora Juke. Il lavoro della polizia è tutto sulle prove raccolte. Un fumatore è stato nella stanza del signor Williams quella notte. La signora Summer non fuma e lei ha ammesso, che neanche lei o qualche suo familiare. Indovino che nemmeno suo marito fumi la temuta erba vero?>>

Janie scosse la testa.

<<E il signor Williams era un fumatore di pipa. La sua pipa era poggiata sulla toletta con il sacchetto di tabacco accanto. Questo lascia solo una persona. Il signor Luigi Denaro. Ho saputo che gli piace fumare più di quanto lo faccia io. Così, quel posacenere mi ha detto che non solo lui è andato nella stanza del signor Williams, ma che c'è stato abbastanza tempo per fumare tre sigarette. Ora mi chiedo una cosa. Perché un uomo dovrebbe mentire? Perché dovrebbe fingere di non essere entrato nella stanza, quando è evidente che lui c'è stato?>>

Frank aveva ragione. Luigi aveva ammesso di essere andato nella stanza di Bertie quella sera ma aveva detto poco della loro conversazione. Se Bertie avesse raccontato a Luigi della sua storia con la madre sarebbe stato abbastanza per far scuotere il temperamento dell'italiano. Ma Luigi sembrava sinceramente scioccato quando lei gli aveva mostrato la lettera. Sicuramente non poteva essere così bravo come un attore, non poteva mascherare così bene il fatto di essere già a conoscenza di una tale cosa.

Un fatto certo era che se Frank Bright avesse scoperto della lettera, e dell'amante, avrebbe avuto ulteriori ragioni per sospettare Luigi. C'era una sola cosa che avrebbe potuto provare l'innocenza di Luigi.

<<DS Bright>> fece una pausa per un momento per scegliere le parole attentamente. <<Ha ricevuto i risultati della seconda autopsia?>>

Un lieve sorriso increspò il viso del detective. Si alzò in piedi e andò dietro sul muro della sala interrogatori, mettendo una distanza tra lui e Janie. Quindi tornò indietro e iniziò a camminare verso il tavolo di nuovo, con un passo intenzionalmente lento.

<<E qui il punto>> lui disse, osservando la reazione di lei. <<Lei spera che la dipartita del signor Williams sia avvenuta per cause naturali, così il suo amico il signor Denaro non sarebbe più sospettato.>>

Lui si fermò, aspettando che Janie dicesse qualcosa, ma lei rimase in silenzio. Quindi lui continuò. <<Ma è qui che lei si sbaglia.>>

Janie scivolò sulla sua sedia, allungando le sue mani sul tavolo, come se stesse osservando le sue unghie recentemente curate. <<Io?>> disse lei, guardando il detective.

<<Temo di sì.>>

<<Ha intenzione di illuminarmi?>>

<<La farò uscire dall'incertezza che la tormenta. Il signor Bertrand Williams è morto per un infarto, la diagnosi iniziale del Dr Filbert era giusta. Il signor Williams soffriva di un tumore ai polmoni. Il che gli comportava che frequentemente aveva attacchi di tosse con sangue.>> Lui cercò di essere il più possibile inespressivo nel viso e una volta ancora guardò lei per avere una risposta.

<<Per cui non c'è stato un crimine.>> Nessuna domanda, solo una dichiarazione definitiva.

<<Forse.>> Tirando fuori il pacchetto delle sigarette, Frank ne accese una, girandosi dall'altra parte prima di espirare. Entrambi guardarono i circoletti di fumo che si dissipavano mentre raggiungevano la fine della stanza.

<<Sta giocando con me, sergente detective?>>

<<Un uomo è morto, signora Juke, non è il momento di giocare.>> Lui spense la cicca della sigaretta nel posacenere e poi continuò. <<Mi lasci descriverle una scena. Un giovane va nella stanza da letto di un uomo più anziano. Loro hanno una discussione. Il giovane ha un temperamento che perde facilmente il controllo. La situazione precipita, la conversazione si surriscalda. Forse il giovane spinge l'uomo anziano, lo tiene per le spalle, forse lo scuote anche. L'uomo anziano è in cattive condizioni di salute. Lui sputa sangue, fa fatica a respirare. Il giovane non fa nulla per aiutarlo. Che cosa è questo, signora Juke? Abbiamo una vittima e un criminale? Abbiamo un crimine?>>

Quando finì di parlare Frank si sfregò le mani, come se avesse finito di mettere i pezzi a un difficile puzzle. Janie stava seduta immobile, immobile in tutto il corpo, ma non nella mente, lei stava ripensando a tutto quello che aveva imparato su Luigi da quando era arrivato qualche giorno prima. Lei poteva immaginare il temperamento caldo di Luigi nella stanza di Bertie. Il sangue schizzato sulla camicia di Luigi poteva essere certamente il risultato della discussione, proprio come aveva descritto il detective. Ma Luigi era arrabbiato con suo padre, no con Bertie, e per quel po' che aveva potuto conoscerlo era certa che Luigi non volesse uccidere nessuno. Se ci fosse stata una discussione Luigi avrebbe dovuto mantenere quell'argomento segreto fin dalla sera della morte di Bertie. Luigi era scontroso, anche maldestro, ma sicuramente non poteva essere così subdolo da mantenere un segreto così terribile.

<<Ho imparato molto da lei, sergente detective>> lei disse, sorridendogli.

<<Davvero?>> la sua dichiarazione lo lasciò sorpreso e le ricambiò il sorriso.

<<Lei mi ha sempre detto che c'è sempre una chiave in tutto. Infatti, anche il mio mentore Poirot dice sempre la stessa cosa.>>

<<E quale sarebbe, signora Juke?>>

<<La prova, sergente detective. Senza la prova non ci può essere certezza. Cosa provano alcune cicche di sigaretta? Non penso che qui noi abbiamo un crimine, non pensa?>>

CAPITOLO 23

Venerdì – La famiglia Chandler

Quando quella mattina squillò il telefono, Philip non si aspettava di sentire la voce di un poliziotto dall'altra parte della linea.

Luigi non era più uscito dalla piccola stanza da quando Janie gli aveva mostrato la lettera di sua madre. Aveva passato la maggior parte della notte seduto sul bordo del letto, le tendine aperte in modo che potesse vedere fuori nel buio della notte. Tutte le domande che si poneva, e che sapeva non avrebbero mai potuto avere risposta, giravano intorno nella sua testa, come un disco long-playing a ripetizione. Sua madre aveva amato un uomo con il quale non sarebbe mai potuta stare. Le sue convinzioni, il suo senso di responsabilità verso il marito e suo figlio, avevano fatto che non fosse mai andata via da loro per trascorrere felicemente la sua vita con un altro uomo. Invece lei aveva scelto una esistenza di tristezza, che non solo la rendeva infelice, ma aveva negato la felicità anche alle persone intorno a lei.

Luigi socchiuse la finestra, l'aria della notte era fredda, ma lui ne fu felice. Più pensava ai terribili fatti, più gli mancava il respiro. Lui si sporse dal davanzale e prese profonde boccate di aria, poi il suo respiro si stabilizzò e poteva sentire la barriera che aveva innalzato verso le sue emozioni iniziare a spezzarsi. Chiuse la finestra, si sdraiò sul letto, tirò le ginocchia verso il suo petto e lasciò scorrere le lacrime.

A un certo punto, verso il mattino presto doveva aver sonnecchiato un po'. Poi, quando fece l'alba, la luce filtrò nella stanza svegliandolo. Nel bagno si guardò riflesso nello specchio. I suoi occhi erano iniettati di sangue, i capelli umidi intorno al viso. Aprì il rubinetto e si lavò il viso con l'acqua fredda, poi passò le mani nei capelli. <<Mi serve un caffè>> si disse. <<Forte, caldo e nero.>>

Philip sentì Luigi scendere le scale ed andò in cucina. Lui sentì l'inconfondibile odore del caffè italiano mentre Luigi riempiva la caffettiera.

<<Buongiorno>> disse Philip, scegliendo il suo saluto con cura. <<Hai dormito?>>

Luigi scosse la testa, scordandosi momentaneamente della cecità di Philip. <<Penso di aver sonnecchiato un po'>> disse, sorpreso dalla sua voce rauca. Sembrava che avesse passato ore a gridare e strillare, invece tutti i rumori erano nella sua testa.

<<Il caffè è un'idea eccellente. Ce ne è abbastanza se mi unisco a te?>>

Quando la caffettiera iniziò a gorgogliare, Luigi spense il gas ed aspettò che il caffè uscisse prima di riempire due tazzine che aveva trovato in uno degli sportelli della cucina.

<<Tu hai bisogno di una tazzina per il caffè italiano>> lui disse. <<Queste sono buone per il tè, ma non per il caffè italiano...>>

<<Lo so, deve essere bevuto forte, caldo e nero>> disse Philip, con un accenno di sorriso sul viso.

Loro sedettero in silenzio per un po'. Luigi studiò Philip, notando come era accuratamente bravo a poggiare la tazza, riportandola sul suo piattino senza esitazione.

<<Mi ci è voluto molto per imparare>> disse Philip, avvertendo la curiosità dell'italiano.

<<Lei ha dovuto ricominciare di nuovo con ogni cosa.>>

Philip sorrise <<Io avevo ancora i miei ricordi. Niente può cancellarli.>>

<<Ma non tutti i ricordi sono belli.>>

<<Io potevo scegliere di ricordare l'incidente, i primi mesi quando seppi che non avrei più potuto vedere il viso di mia figlia. Invece ho scelto di dimenticarlo. Avevo perso la vista non la vita. Restare aggrappati ad un brutto periodo può solo distruggere i bei tempi a venire. E loro verranno, alla fine.>>

<<Io non riesco ad immaginare bei tempi.>>

<<Questo perché non è ancora la fine, non ancora.>>

Luigi si alzò e portò le tazze vuote sul lavandino.

<<Io ho ricevuto una telefonata questa mattina, dalla polizia>> disse Philip.

<<Cosa vogliono ora?>>

<<Vogliono che tu torni alla stazione di polizia.>>

Philip sentì Luigi borbottare qualcosa.

<<Vuoi che Janie venga con te ?>>

<<Grazie, no. Sono pronto ad affrontarli e sentire di cosa vogliono accusarmi. Io non ho fatto nulla di sbagliato, devo fidarmi della vostra giustizia Britannica.>>

Fuori dalla stazione di polizia, Luigi fece alcuni respiri profondi. Il suo cuore batteva incontenibilmente veloce. Anche fumare una sigaretta sembrava non lo aiutasse.

Lui diede il suo nome al sergente di turno che gli disse di attendere. Alcuni momenti dopo arrivò il Ds Bright, con una grossa busta di plastica in mano.

<<Andiamo nella sala interrogatori, signor Denaro.>>

Una volta entrati Frank Bright chiese a Luigi di sedersi. Appena seduto si accese una sigaretta e il detective spinse il posacenere verso di lui. Luigi ringraziò annuendo.

<<Ho alcune novità per lei>> disse Frank. Sembrava che stesse giocando con Luigi, in attesa delle sue reazioni. <<Lei sarà contento di sapere che abbiamo ritrovato la sua valigetta.>> Lui aprì la busta di plastica e tirò fuori la valigetta con un gesto plateale, mettendola sul tavolo. Quindi guardò Luigi che tirava fuori la chiave dal suo taschino e apriva la valigetta. Lui mise la mano nel compartimento centrale e pregò che la busta stesse ancora li.

<<Le sono veramente grato>> disse, alzandosi e prendendo la valigetta in mano.

<<Non così veloce. Lei non vuol sapere come ne siamo venuti in possesso? E non mi mostra cosa contiene?>>

<<Glielo ho già detto l'altra volta, sono cose personali. Sono molto sollevato di averla di nuovo in mio possesso ed ora vorrei andarmene.>>

<<È stato un buon lavoro c'era sopra un biglietto del bagaglio. Questo e la descrizione dettagliata che aveva dato alla polizia francese ci ha aiutato a concludere felicemente il caso. Qualunque cosa ci sia nella valigetta deve essere molto importante per lei.>>

Luigi rimase in piedi, riprese la busta e inserì la mano per tirare fuori il contenuto, che mise sparpagliato sul tavolo.

<<Mia madre>> disse, passando le dita leggermente su ogni foto in bianco e nero.

<<Ah>> disse Frank Bright, alternando il suo sguardo prima sulle foto e poi su Luigi. <<Lei ha l'aspetto di una donna straordinaria.>>

<<Aveva. Lei non c'è più. Mia madre è morta e queste foto sono tutto ciò che mi è rimasto di lei. Ora lei può capire perché ero così disperato per ritrovarle.>>

Frank riguardò le foto. Lui aveva visto recentemente il volto di quella donna, in un altro set di fotografie, quelle che aveva trovato nella valigetta del signor Williams.

<<Sua madre conosceva il signor Williams?>>

<<Naturalmente, Bertie era un socio in affari di mio padre. Loro erano nello stesso giro. Ora, a meno che non abbia altre domande da farmi vorrei andarmene.>>

<<Ho qualcos'altro per lei prima che se ne vada.>> Frank mise la mano nella tasca della sua giacca. <<Il suo passaporto, signor Denaro.>>

<<Non sono più un sospettato?>>

<<Non ho più un crimine su cui investigare. Ora sappiamo che il signor Williams è morto per cause naturali.>> Luigi prese il passaporto dalle mani del detective, ma Frank Bright mantenne la presa. Per alcuni momenti ebbero tutti e due la mano sul passaporto e ognuno sosteneva lo sguardo dell'altro. <<Quando non c'è un crimine non mi serve un

sospettato, ma questo non vuol dire che io non abbia ancora dei dubbi su di lei, signor Denaro.>>

<<Lei è un poliziotto. Essere sospettoso fa parte del suo lavoro.>>

Frank lasciò la sua presa sul passaporto. <<Lo so che lei è stato nella camera del signor Williams quella notte. Ma mi piacerebbe sentirglielo dire.>>

<<Come ha detto, sergente detective, non c'è più un crimine su cui investigare. Quindi, grazie per il mio passaporto e per la mia valigetta ed ora devo andare per la mia strada.>>

CAPITOLO 24

Venerdì - Albergo Royal Elizabeth

Era passata giusto una settimana da quando un uomo era morto nella tranquilla cittadina di Tamarisk Bay. In quella settimana la vita di Luigi ed Alberto Denaro era cambiata irrevocabilmente. Quello che loro pensavano di conoscere della donna che era al centro della loro vita ora andava rivisto con occhi diversi. Era come rompere una parte del puzzle e cercare di creare una forma diversa. Un compito quasi impossibile.

La famiglia Chandler era stata gentile e comprensiva e Alberto stava pensando come poter ricambiare la gentilezza.

Alla reception dell'albergo chiese se poteva fare una chiamata internazionale. Alcuni minuti dopo stava parlando con la famiglia Dutti.

<<Signora Dutti, sono Alberto Denaro, posso parlare con suo marito?>>

La receptionist dell'albergo faceva finta di essere occupata con il registro degli ospiti, mentre stava ascoltando l'attraente accento della voce italiana. Lei non capiva neanche una parola, eccetto quella che tutti conoscono e lui stava dicendo, *Sì, sì*. Lei ne conosceva abbastanza per sapere che stava dicendo *yes*. Lei avrebbe voluto imparare l'italiano da anni. Forse questa era la sua occasione. Forse poteva chiedere a quest'uomo se conosceva qualche altro italiano in Tamarisk Bay che gli poteva dare qualche lezione.

La conversazione telefonica volse al termine e l'uomo si intrattenne ancora un po' al banco della reception.

<<Può addebitarla sul mio conto?>>

<<*Yes* signore, sì>> lei disse, ridacchiando al pensiero di essere stata così coraggiosa da provare il suo vocabolario appena acquisito con una madrelingua. Ma il signor Denaro colse a malapena i suoi tentativi di italiano. Lui aveva un'altra cosa nella mente. La conversazione con il signor Dutti gli aveva confermato i suoi sospetti ed ora doveva parlare con Jessica.

Lui camminò sul lungomare verso la casa di Philip. Prima che potesse suonare il campanello la porta si aprì. Jessica quasi lo urtò mentre usciva, tutta presa ad abbottonarsi la giacca.

<<Oh, signor Denaro, mi scusi.>>

<<Posso parlarle>> lui disse.

<<Stavo uscendo. Vorrebbe camminare con me?>>

Lui si girò seguendola nel viale.

<<Mi dispiace molto per il suo amico. Deve essere stato uno shock terribile per lei>> disse.

Lui stava un passo indietro a lei e fece un grosso respiro, che la fece girare. Le parole che lui voleva dire erano scivolose, desiderose di uscire come un pesce dalla rete.

<<Lei ha lavorato per il signor Dutti?>>

Jessica si fermò per un momento, sorpresa dell'argomento della conversazione.

<<Io conosco la famiglia Dutti>> disse lui.

<<Ah, sì, naturalmente.>> Il suo pensiero andò ai due bambini. Il ricordo delle loro faccine lacrimose la

intenerì.

<<Signora Chandler, mi dispiace devo dirle qualcosa che ha a che fare con la sua perdita del lavoro.>>

L'attinenza con la sua storia era ancora inafferrabile.

<<Mi lasci spiegare>> disse lui.

<< Sì, sarebbe meglio.>>

Avevano raggiunto la fermata dell'autobus alla fine della strada dell'abitazione di Philip. Lei fece cenno ad Alberto di sedersi accanto a lei sul sedile di legno sotto la tettoia.

<<Lei lo sa che io sono negli affari? Di tanto in tanto i miei affari si sovrappongono con quelli del signor Dutti. È utile avere un'organizzazione che supporta uno con l'altro.>> Lui si girò verso di lei, come se volesse rassicurarla. <<Sono sicuro che lei capisca?>>

Jessica annuì.

<<Ma Aldo Dutti è anche diventato un amico. Lui voleva aiutare. Ma ora ha realizzato che deve aver fatto uno sbaglio.>>

<<Che tipo di sbaglio?>>

<<Voleva aiutare in una questione di famiglia. E lì che può avere, come dire passato il segno.>>

Lui affrontava la sua spiegazione come se stesse risolvendo una complicata formula matematica, con molte equazioni per arrivare alla conclusione finale.

<<Aldo sapeva che c'era dell'attrito tra me e mio figlio. Ma lui non ne conosceva la ragione.>>

Jessica esitò prima di parlare. <<Sapeva che sua moglie era morta?>>

<<Sì. Ma non sapeva altro. Non il modo in cui era

morta, o...>> Lui si alzò e fece alcuni passi nel viale, girandosi sui tacchi e ritornando in piedi davanti a lei. <<Quando lui vide la sua amicizia con mio figlio, pensò che forse era lei la causa del litigio.>>

<<Non capisco, perché avrei dovuto creare difficoltà tra lei e suo figlio.>>

Lui sospirò. <<No, non mi sono spiegato. Aldo ed io, siamo vecchio stile nel modo di pensare. Lei è più grande di mio figlio. Aldo credeva che io disapprovassi.>>

<<Non so cosa mi dia più fastidio. Il fatto che il suo amico giudichi la mia persona, o che lei pensi che suo figlio ed io siamo in una relazione inappropriata.>>

<<Io l'ho offesa e questa non era la mia intenzione.>> Lui unì le sue mani. <<Mio figlio è adulto. Lui è libero di fare le sue scelte.>>

<<Signor Denaro, Luigi ed io siamo solo amici. In effetti, non siamo più che conoscenti. Mi creda quando le dico che non sto cercando nessuna relazione romantica, ma se io fossi stata più giovane non sarei stata giudicata.>>

<<Per favore accetti le mie scuse. Sono sicuro che lei può capire che ho fatto molti errori nella mia vita specialmente per non aver capito cosa rende una relazione duratura. Forse se avessi aperto gli occhi e la mia mente Eloise non avrebbe guardato altrove per cercare l'amore e un altro compagno.>>

Prima di ritornare all'albergo c'era ancora un'altra persona a cui voleva stringere la mano in segno di amicizia. Quando Rosetta aprì la porta e trovò sulla soglia Alberto s'irrigidì, ma indietreggiò per farlo entrare.

<<Mi dispiace di aver chiesto a suo figlio di andarsene, ma questo è un periodo difficile per me.>>

<<Lo capisco e per favore non si scusi.>> Lui stava in piedi nel corridoio, sentendo un po' di imbarazzo. Lui aveva passato una vita evitando conversazioni emotive, ma forse ora, dopo tutto quello che era successo, questo era il momento giusto per imparare. <<Sono sicuro che lei ha da fare, ma se ha un momento per parlare?>>

<<Prendiamoci un caffè insieme, venga in cucina.>>

Lui si sedette, guardandola mentre era occupata con la caffettiera. Poi, mentre aspettavano che uscisse il caffè, lui disse <<Lei ha vissuto in Inghilterra tanto tempo. Deve sentirsi come a casa.>>

<<L'Italia è la mia casa.>>

<<E lei ha ancora la famiglia lì?>>

<<I miei genitori sono in paradiso, ma, si io ho un fratello e una sorella, alcuni nipoti.>>

<<Lei non ha intenzione di ritornare?>>

Lei versò il caffè e ne bevve un sorso, la sua bocca si mosse in un sorriso. <<Ci penso in continuo. Ed ora, con lei e suo figlio qui, mi sembra che l'Italia sia più vicina di nuovo, e allo stesso tempo anche lontana.>>

<<La capisco. Signora Summer, le vorrei dare un suggerimento, ma non vorrei offenderla.>>

Lei portò le tazze vuote al lavandino, facendoci scorre l'acqua dentro, ma lasciandole nella ciotola e ritornando a sedersi di fronte ad Alberto.

<<Io ho passato tanto tempo della mia vita per crearmi il successo negli affari. I soldi che ho guadagnato mi dicono che posso vivere una esistenza

comoda, posso avere il piacere di avere una bella casa, una macchina di lusso, vini pregiati. Il denaro ha i suoi usi, ma io l'ho usato male, ora mi piacerebbe iniziare ad usarlo bene.>>

Rosetta non capiva realmente cosa Alberto cercasse di dirle, ma realizzò che lui doveva dirglielo.

<<Mi piacerebbe pagarle l'aereo per l'Italia. Sarebbe un'occasione per vedere i suoi familiari.>>

<<Perché? Lei non mi conosce, lei non conosce la mia famiglia.>>

<<Noi siamo entrambi italiani. Mi piacerebbe se potessimo diventare amici e gli amici si aiutano uno con l'altro. Forse lei potrebbe venirmi a trovare ad Anzio mentre è lì. Sarei molto contento di farle conoscere i posti.>>

Era raro che Rosetta non trovasse le parole. Generalmente le uscivano di getto dalla bocca, spesso prima che le pensasse. Ma ora tutto quello che poté fare fu prendere la mano di Alberto nelle sue e sussurrare <<*Grazie.*>>

Un po' più tardi quel giorno, Luigi arrivò all'albergo *Royal Elizabeth*, suo padre lo stava aspettando. Alberto stava rimuginando sulla sua conversazione con Jessica e si chiedeva se era meglio per lui non dirgli niente delle ipotesi errate di Aldo. Invece di calmare le acque sembrava le avesse infangate. Ma appena vide suo figlio andare verso di lui con la valigetta sotto al braccio, tutti i pensieri su Jessica e la famiglia Dutti svanirono.

<<L'hai trovata>> lui disse, correndo verso suo figlio per abbracciarlo.

Luigi indietreggiò, non ancora a suo agio al pensiero del contatto con l'uomo che era stato ai bordi della sua vita per così a lungo. << Sì, mi è stata consegnata dalla polizia. Non so chi l'avesse presa, non mi interessa. È di nuovo in mano mia, questo è quello che conta.>>

Loro andarono verso due poltrone vuote in un angolo della sala. Alberto ordinò due bicchieri di succo d'arancia dal bar dell'albergo, e un cameriere glieli portò prendendosi il tempo di sistemarli sul tavolino di vetro. Alberto prese un piccolo borsellino di pelle dalla tasca della sua giacca e diede al cameriere una mancia.

Luigi aprì la valigetta, prese le foto e le allargò sul tavolino di vetro. Lui sentì suo padre prendere un forte respiro nel vedere sua moglie. La donna che era stata con lui per così tanti anni mentre per tutto il tempo amava un altro uomo. Non solo un uomo qualsiasi, ma il suo miglior amico, Bertie.

Luigi guardò suo padre mentre toccava delicatamente ogni foto.

<<Non lo avevi mai sospettato? Tutti quegli anni e non c'è stato niente che ti ha insospettito?>>

<<Guardavo sempre nella direzione sbagliata.>> Alberto prese una foto e la portò alle sue labbra.

<<Lo odi per quello che ha fatto?>>

<<Bertie? No, non lo odio. Incolpare lui, incolpare tua madre, niente di tutto questo fa la differenza ora. Anche io ho fatto i miei sbagli, sempre indaffarato, non capendo cosa fosse veramente importante. Lei era mia moglie ed io l'amavo. Niente può cambiare questo.>>

<<Cosa succede ora degli affari di Bertie?>> disse Luigi.

<<Lui ha una sorella, suppongo che vada tutto a lei. Lei vive qui in Inghilterra. Forse potremmo andare insieme a farle visita?>> Alberto bevve un sorso del suo succo d'arancia, muovendo intorno un po' il bicchiere, guardando i cubetti di ghiaccio scontrarsi l'un l'altro.

<<Forse.>> Luigi scivolò sulla sedia, guardando intorno la sala prima di continuare. <<Vuoi la verità?>>

<<Non ho già saputo la verità?>>

<<Non tutta, no.>>

<<Se c'è qualcosa che vuoi condividere con me ora, quindi, sì, sono contento di ascoltarti.>>

<<C'è ancora una parte di te che pensa che io sia colpevole, vero? Che qualcosa che io ho fatto ha causato la morte di Bertie.>>

<<Tu sei mio figlio ed io ti amo. Niente può cambiare questo.>>

<<Ti avevo già detto che ero andato nella stanza di Bertie quella sera ed avevo parlato con lui. Bertie non stava bene. Mentre ero con lui ebbe un terribile attacco di tosse.
C'era del sangue. Ho provato ad aiutarlo, mi sono seduto sul letto accanto a lui, aspettando fino a che non respirava meglio. Mi sono macchiato le mani di sangue, la camicia. Fu solo dopo, quando seppi che era morto che ho capito cosa potesse sembrare.>>

<<Tu saresti potuto venire da me, dirmi la verità. Lo avremmo potuto spiegare alla polizia.>>

Luigi scosse la testa. <<Rosetta lo sa come può succedere con la polizia. Tu sei innocente e loro ti

237

fanno sentire colpevole.>>

Alberto finì il suo succo. Sistemò i bicchieri sul tavolo. Lui stava per allungare la mano verso il figlio ma la ritrasse.

<<Hai potuto parlare con Bertie, quando si era ripreso?>>

<<Io gli avevo detto quanto ero arrabbiato con te. In effetti, abbiamo riso di questo.>>

<<Avete riso?>>

<<Lui ha detto che aveva sempre desiderato un figlio come me, se le cose fossero state diverse gli sarebbe piaciuto insegnarmi i suoi affari. Avrei potuto diventare il suo apprendista, mi disse. È allora che io ho riso. Gli dissi che sarei stato il peggiore degli apprendisti.>>

<<E cosa disse Bertie?>>

<<Che mia madre era così orgogliosa di me. Pensai che era una cosa strana da dirmi. E qui che lui rise *La vita è strana*, mi disse.>> Luigi chiuse gli occhi, pensando all'ultima volta che aveva visto Bertie. <<Lui stava bene quando l'ho lasciato. *Mi riposo un po'*, disse, *e poi vi raggiungerò giù*. Se fossi stato con lui un po' più a lungo... chi lo sa, forse avrei potuto aiutarlo, chiamare qualcuno.>>

Alberto passò il dito sul bordo del bicchiere vuoto. <<Tu non potevi saperlo. Noi possiamo tutti dire *Se*. Io ho fatto molti errori nella mia vita, ma forse ora è tempo di prendere una nuova strada.>>

<<Janie ha un'amica che ci potrebbe aiutare a scoprire di più sulla mamma>> disse Luigi, guardando suo padre. <<Mi piacerebbe parlarle. Ma forse tu vuoi tornare a casa. Tu hai da fare con i tuoi affari.>>

<<Parleremo insieme all'amica. Se noi possiamo ripercorrere i passi di tua madre, forse possiamo percorrere nuovi sentieri, quelli che aiuteranno a risanare tutto ciò che è stato rotto. Fece scivolare la mano sul tavolo verso suo figlio.

<<Mi piace questo>> disse Luigi.

Mentre i Denaro stavano cercando la strada dopo anni di incomprensioni, un'altra famiglia a Tamarisk Bay stava marciando in una via completamente differente.

Greg mise Michelle nella sua culla, mettendo l'orso Barnaby vicino a lei ed avvolgendoli entrambi nella coperta. Lui stette per un momento a guardare sua figlia, che non sembrava felice all'idea che fosse l'ora di dormire.

<<Ora ci vuole una foto, stai fermo così vado a prendere la macchinetta fotografica>> disse Janie, stando sulla porta della camera da letto.

<<Lei deve dormire e non vuole che io stia tutto il tempo qui.>>

Janie andò verso suo marito e lo abbracciò. <<Noi siamo così fortunati, vero? Immagina come sarebbe vivere la maggior parte della tua vita amando qualcuno con cui non puoi stare. Ed ora abbiamo questo piccolo tesoro. Lei potrebbe avere la sua parte di angoscia un giorno e dovremmo stare a guardare.>>

<<La prima persona che romperà il cuore di mia figlia, gli romperò il naso, alla fine.>>

<<Questo è parlare di combattimento, signor Juke. Hai sentito Michelle, tuo padre esaminerà chiunque ti guarderà sulla tua strada.>>

<<Ah, alla fine, ho vinto la scommessa. Hai visto mi ha sorriso.>>

<<Penso che scoprirai che era un tocco di vento.>>

<<Michelle, tua madre non sa niente. Dice di essere un'investigatrice privata e dimentica l'indizio più ovvio di tutti.>>

Janie guardò attentamente il viso di sua figlia e quindi ritornò a guardare Greg.

<<Quale indizio?>>

<<Quella fossetta sul suo mento, vedi il modo in cui si muoveva proprio ora quando sorrideva.>>

<<OK, hai vinto. Quale è il premio comunque?>>

<<Una serata tranquilla in casa con mia moglie, senza parlare di crimini o misteri.>>

<<Sì può fare>> disse lei, poggiando la sua testa sulla sua spalla. <<Sono sicura che posso farlo per una sera.>>

Grazie

Nell'ambito delle mie ricerche per questa serie ho contattato *The Keep*, che ha un grande archivio di documenti sull'Est Sussex:
www.thekeep.info/collections/ Loro sono stati d'aiuto per garantire che i dettagli sulla libreria mobile di Janie fossero più precisi possibile. La polizia del Sussex è stata in grado di confermare che la retrospettiva della storia di Philip, il padre di Janie. Aveva senso.

È stato bellissimo poter condividere alcuni ricordi della mia adolescenza dell'Italia, specialmente i bellissimi viaggi in treno da Roma a Calais, che ho fatto molte volte con la mia famiglia. Ma per dare un'occhiata di come fosse la vita in Anzio durante il 1944 sono stata abbastanza fortunata di avere l'aiuto di mia cugina Anna e dei suoi nipoti Nicole e Riccardo, come anche dell'altra mia cugina Loredana, e molti buoni amici.

La maggior parte degli autori saranno d'accordo che scrivere può essere una realizzazione solitaria. Quindi io mi considero molto fortunata per avere l'incoraggiamento e il sostegno di alcune persone meravigliose. Il personaggio di Janie non avrebbe avuto lunga vita se non fosse stato per loro. I miei fantastici compagni, Chris e Sarah, e mio fratello David, continuano ad offrirmi non solo preziosissime critiche, ma l'ispirazione per andare avanti.

Un sincero grazie va anche alla famiglia e amici troppo numerosi per elencarli qui. Sono grata a tutti.

E, nelle parole di una delle mie canzoni preferite, il mio amore e grazie vanno a mio marito Al, che è '*il vento sotto le mie ali*'.

Se questo è stato il tuo primo libro della serie dei misteri di Janie Juke, potresti voler leggere gli altri libri della serie di *Sussex Crimes*.

LA BORSA RICAMATA
OGGETTI SMARRITI

www.ingramcontent.com/pod-product-compliance
Lightning Source LLC
Chambersburg PA
CBHW050842190726
48286CB00007B/2196